Werner Färber

Wahre Fußballhelden

Mit Bildern von Klaus Puth

arsEdition

Bibliografische Information Der Deutschen Bibliothek

Die Deutsche Bibliothek verzeichnet diese Publikation in der Deutschen Nationalbibliografie; detaillierte bibliografische Daten sind im Internet über http://dnb.ddb.de abrufbar.

8 7 6 5 4 09 08 07 06

Text: Werner Färber
Titelbild: Heribert Schulmeyer
Innenillustrationen: Klaus Puth
Titel- und Rückseitenvignetten: Betina Gotzen-Beek
ISBN-13: 978-3-7607-4074-4
ISBN-10: 3-7607-4074-X

www.arsedition.de

Känguru Lesespaß

Elf Kinder – ein Tornado!

Der Tornado wirbelt weiter!

Elf Kinder – ein Tornado!

Torwart – verzweifelt gesucht

»Geh raus!«, ruft Matthias. »Raus, Eike!«

»Raus! Dem Ball entgegen!«, brüllen Sven und Udo.

Eike kommt zögernd aus dem Tor. Dann bleibt er stehen. Er weicht einen Schritt zurück, geht wieder einen vor. Ganz allein kommt Kerstin mit dem Ball auf Eike zu. Sie macht eine Bewegung nach links. Eike wirft sich in die entgegengesetzte Richtung. Kerstin zieht links an ihm vorbei.

Damit hat Eike nicht gerechnet. Wer kann schon ahnen, dass Kerstin nicht einmal den Versuch einer Körpertäuschung unternimmt? Lässig schiebt sie den Ball ins Tor und rennt jubelnd in ihre Hälfte zurück, um sich feiern zu lassen. Die Ersatzmannschaft der Klasse 4a führt mit 3:1 gegen die erste Mannschaft der 4a.

»Du musst doch raus, wenn jemand allein auf dich zukommt«, sagt Matthias zu Eike. »Du musst den Winkel verkürzen.«

»Dann stell dich doch selber in die Kiste. Hab ich jemals behauptet, dass ich ein guter Torwart bin?«, mault Eike.

Eigentlich ist Matthias der beste Torwart. Als Feldspieler ist er allerdings noch besser und zehnmal wichtiger für die Mannschaft.

»Mit so einer Pfeife im Tor brauchen wir zum Turnier gar nicht erst anzutreten«, schimpft Sven. »Sich so verladen zu lassen. Und dann auch noch von einem Mädchen.«

Eike zupft wortlos an den Fingern seiner Torwarthandschuhe. Weil sie ihm zu eng sind, dauert es ziemlich lange, sie auszuziehen. Dennoch sieht er Sven während der ganzen Zeit ins Gesicht. Endlich hat Eike sich von den Handschuhen befreit.

»Dir passen sie bestimmt besser«, sagt er und wirft sie Sven gegen die Brust. Dann macht er auf dem Absatz kehrt und geht.

»Ganz prima. Ihr seid vielleicht doof«, sagt Tonio zu Sven und Matthias. »Wir brauchen ihn doch. Eike ist der Einzige, der freiwillig ins Tor gegangen ist.«

Tonio dreht sich nach Eike um.

»Warte!«, ruft er ihm hinterher.

Eike geht weiter. Tonio rennt ihm nach. Das Probespiel der ersten gegen die zweite Mannschaft ist ohnehin gelaufen.

»Eike! Nun warte doch!«, ruft Tonio.

Eike stapft weiter.

»Wieso bist du denn sauer?«, fragt Tonio.

Unvermittelt bleibt Eike stehen. Er dreht sich um.

»Wieso ich sauer bin? Du kannst vielleicht blöd fragen«, schnauzt er Tonio an.

»Ist ja gut. Ich hab den anderen schon gesagt, dass sie die Klappe halten sollen. Vergiss ihr dummes Gemecker. Du bist doch gar nicht schlecht als Torwart. Und auf der Linie sind deine Reaktionen unschlagbar.«

»Und das Tor von Kerstin gerade eben?«, fragt Eike. Er geht weiter.

Tonio beeilt sich ihn einzuholen. »Stimmt, da hättest du rauslaufen sollen.«

»Woher soll ich das denn wissen?«, fragt Eike. »Ich hab noch nie im Tor gestanden. Ich hätte beim 1:0 schon rauslaufen sollen. Und zwar vom Spielfeld.«

»Quatsch. Beim 1:0 hättest du dich nur lang machen und hechten müssen«, sagt Tonio.

»Lang machen und hechten – sehr witzig. Warum stellst du dich nicht ins Tor, wenn das so einfach ist?«, fragt Eike. »Und dann das 2:0. Durch die Beine. Oberpeinlich.«

Tonio lacht. »Stimmt, da hast du ganz schön alt ausgesehen. Aber das hat doch am Platz gelegen. Der Ball ist versprungen. Keiner kann dir einen Vorwurf machen.«

»Gemeckert haben trotzdem alle. Mit diesen Angebern spiele ich nicht mehr in einer Mannschaft. Bin doch nicht blöd.«

Tonio sagt nichts mehr. Er kann Eikes Ärger gut verstehen. Erst suchen sie händeringend einen Freiwilligen, der sich ins Tor stellt. Kaum haben sie einen gefunden, hacken sie auf ihm herum und schimpfen, was das Zeug hält. Dabei ist Eike wirklich keine schlechte Wahl. Er hat Reaktionen wie ein Weltmeister. Das kommt vom Tischtennis. Darin ist Eike ein Ass. Und das mit dem

Rauslaufen und Hechten kann man üben. Die Frage ist nur, mit wem. Die 4a hat nämlich keinen Trainer. Herr Hoppenstedt, der Klassenlehrer, versteht weniger von Fußball als ein Elefant vom Stricken.

Aber die 4a will unbedingt am Stadtturnier teilnehmen. Antreten dürfen alle vierten bis sechsten Klassen. Herr Hoppenstedt hat die 4a auch schon angemeldet. Er hat sogar versprochen, sie zu den Spielen zu begleiten. Aber mehr kann er, was Fußball anbelangt, für die Kinder nicht tun.

»Wie wärs, wenn ich mit dir trainiere?«, fragt Tonio.

»Was denn? Tore kassieren?«, erwidert Eike genervt.

»Quatsch. Rauslaufen, hechten, Faustabwehr und so. Eben alles, was ein Torwart können muss.«

»Ohne mich. Ich breche mir sämtliche Knochen, wenn ich versuche mich hinzuschmeißen«, sagt Eike.

»Quatsch, bei Olivers Schuss bist du auch durchs halbe Tor geflogen. Den hast du super rausgeholt«, sagt Tonio.

»Glaub bloß nicht, dass ich so was noch einmal mache«, erwidert Eike. Er bleibt stehen und sieht sich um. Dann zieht er seine Hose bis zum Oberschenkel herunter. Tonio beißt die Zähne zusammen und saugt Luft ein. Eike hat eine Schürfwunde über den halben Oberschenkel.

»Dann musst du eben Fallen üben«, sagt Tonio.

»Verzichte«, erwidert Eike knapp.

»Ich frag mal meinen Papa«, sagt Tonio.

»Was hat der denn damit zu tun?«

»Der war mal Torwart. Und er versteht was

von Fußball. Er hat sogar einen Trainerschein«, sagt Tonio.

Eike macht den Mund auf, um etwas zu sagen. Dann winkt er mit beiden Händen ab und schüttelt den Kopf.

»Was ist?«, fragt Tonio.

»Vergiss es«, sagt Eike. »Ich gehe nach Hause, tschüs.«

Schon ist er um die Ecke.

Trainer – per Zufall gefunden

»Was machst du denn da?«, fragt Tonio verwundert, als er Papa im Wohnzimmer auf allen vieren vorfindet. Überall liegt Papier. Auf dem Tisch, auf den Stühlen. Sogar auf dem Fußboden.

»Muss ein paar Unterlagen sortieren«, murmelt Papa. »Moment, habs gleich.«

Tonio schaut eine Weile zu. Dann fragt er: »Papa, kann man fliegen eigentlich lernen?«

Papa sieht kurz hoch. »Klar, wenn man ein Vo-

gel ist. Aber auch Fledermäuse sollen sich beim Fliegen gar nicht so dumm anstellen.«

»Ich meine doch als Torwart. In die Ecken hechten und sich hinschmeißen. Kann man das lernen? Dass es nicht wehtut, verstehst du.«

»Ach so«, sagt Papa. »Wer ein bisschen Talent mitbringt, kann das durchaus üben. Aber – seit wann willst du denn Torwart werden? Ich denke, du spielst lieber im Mittelfeld.«

»Ich frage wegen Eike. Der soll bei uns ins Tor. Auf der Linie ist er irre gut. Aber er traut sich nicht, sich hinzuschmeißen. Und das mit dem Rauslaufen klappt auch nicht. Kannst du mir ein paar Tipps geben? Ich will mit ihm trainieren. Für das Stadtturnier.«

»Eike? Kenne ich den?«, fragt Papa.

»Nö, der war noch nie bei mir«, antwortet Tonio. »Ist auch erst seit einem halben Jahr in unserer Klasse.«

»Hm«, macht Papa. »Habt ihr denn keinen, der ein bisschen mit euch trainiert?«

»Herr Hoppenstedt hat keinen Schimmer von Fußball.«

»Das überrascht mich jetzt aber wirklich«, sagt Papa grinsend. Natürlich kennt Herr Lentini den Klassenlehrer seines Sohnes. Herr Hoppenstedt ist klein und schmächtig. Stets kommt er korrekt gekleidet im Anzug zur Schule. Dazu trägt er immer eine Fliege am Hemdkragen. Nur beim Schulausflug oder bei Schulfesten gibt sich Herr Hoppenstedt locker und verzichtet auf den Propeller am Hals. Er gehört zu den Menschen, die man sich nur schwer verschwitzt im Trainingsanzug vorstellen kann.

»Wann willst du dich denn wieder mit Eike treffen?«, fragt Papa.

Tonio zuckt mit den Schultern. Bis jetzt weiß er ja noch nicht einmal, ob Eike sich überhaupt umstimmen lässt.

»Wenn es nach mir geht, gleich morgen. Aber ich muss Eike erst fragen, ob er Zeit hat.«

»Hm«, macht Papa wieder. »Ich schreibe dir ein paar Übungen auf, die ihr zusammen machen könnt. Wann ist denn dieses Turnier?«

»Das erste Spiel ist in zwei Wochen«, antwortet Tonio.

»Wenn du möchtest, kann ich mir deine Mannschaft ja mal ansehen«, sagt Papa.

»In echt?«, fragt Tonio. »Und richtig mit uns trainieren?«

Papa steht auf und stößt auf dem Tisch ein paar Blätter Papier zusammen. Dann schiebt er sie in den Locher und heftet sie in einem neuen Ordner ab.

»Warum nicht? Morgen habe ich allerdings ein Vorstellungsgespräch. Deswegen auch das Chaos hier.« Er zeigt auf die herumliegenden Papiere. »Die wollen wirklich alles sehen, was ich jemals gemacht habe.«

»Heißt das, du hast wieder Arbeit?«, fragt Tonio.

»Bis jetzt habe ich mich nur dafür beworben«, sagt Papa. »Sie brauchen einen neuen Leiter für das Jugendzentrum. Immerhin bin ich schon in der engeren Auswahl.«

»Ausgerechnet jetzt«, mault Tonio.

»Wie bitte?«, fragt Papa überrascht.

»Ausgerechnet jetzt, hab ich gesagt.«

»Das gibts doch nicht«, sagt Papa fassungslos. »Jetzt gönnt mir nicht einmal mehr mein eigener Sohn Arbeit.«

»Quatsch, Papa«, sagt Tonio. »Ich finde es nur doof, wenn du uns dann nicht trainieren kannst.«

»Keine Sorge«, sagt Papa. »Selbst wenn sie mich nehmen, geht es erst in zwei Monaten los.

Im Übrigen sind noch vier Mitbewerber im Rennen. Und bevor du weiter Pläne schmiedest, solltest du erst mal deine Mitschüler fragen, ob es ihnen recht ist.«

»Das ist nicht nötig«, sagt Tonio. »Die nehmen, wen sie kriegen können.«

»Sehr schmeichelhaft«, sagt Papa. Er heftet einen weiteren Stapel Papier in den Ordner und klappt ihn zu.

»Da, spuck drauf«, sagt Papa. »Soll Glück bringen.«

Tonio spuckt.

Papa verdreht die Augen und wischt kopfschüttelnd mit dem Ärmel über den Ordner. »Doch nicht richtig, du Dödel.«

Extratraining

Tonio zeigt Eike am nächsten Vormittag die Liste mit den Torwartübungen, die Papa zusammengestellt hat. Obwohl Eike daran zweifelt, dass er mit diesen seltsamen Übungen lernen könnte zu fallen, ist er bereit, es wenigstens zu versuchen. Am Nachmittag treffen sie sich bei der Sportanlage hinter der Schule. Dort wollen sie auf der dicken Hochsprungmatte die ersten Fallversuche machen.

»Wie siehst du denn aus?«, fragt Tonio, als Eike ankommt.

Eike schaut an sich hinunter. »Wieso? Ich hab mich nur ein bisschen gepolstert.«

»Du kommst daher wie eine ausgestopfte Vogelscheuche«, sagt Tonio lachend.

Eike hat vier Hosen übereinander an. Und auch am Oberkörper hat er nicht an Klamotten gespart. »Ich brech mir doch nicht sämtliche Knochen«, sagt er.

Tonio zuckt mit den Schultern. »Hoffentlich kommst du wieder hoch, wenn du mal umgefallen bist.«

Zunächst toben die beiden ausgelassen auf der Matte herum. Sie schlagen Salti und hechten von einer Ecke in die andere. Eike kommt mächtig ins Schwitzen. Schicht um Schicht entledigt er sich seiner Klamotten. Bald hat er nur noch seinen Trainingsanzug an.

»Wenn ich so eine Matte kriege«, sagt er, »stelle ich mich freiwillig in die Kiste.«

»Nach Papas Trainingsprogramm kannst du das auch ohne Matte«, erwidert Tonio voller Überzeugung und zieht den Zettel hervor.

Eike holt seine Sachen, um sich wieder auszupolstern.

»Lass doch«, sagt Tonio. »Wenn wir uns an Papas Anweisungen halten, geht das garantiert auch ohne Polster.«

»Sind ja nicht deine Knochen«, grummelt Eike. Er nimmt Tonio den Zettel aus der Hand. Kopfschüttelnd liest er vor:

»Torwartübungen, erstens: seitliches Fallen. Landung über Unterschenkelaußenseite, Oberschenkelaußenseite, seitlichen Rumpf und die Oberarmaußenseite. Der Übende fällt um, als würde ihm die Luft herausgelassen.« Eike hebt den Kopf. »Verstehst du das?«

»Ist doch ganz einfach. Du musst dir nur vorstellen, dass ich dir die Luft rauslasse«, sagt Tonio. Er pikst Eike mit dem ausgestreckten Zeigefinger in den Bauch.

»Aua, das tut weh, Mann.«

»Nun mach schon«, sagt Tonio und pikst Eike noch einmal.

Eike verdreht die Augen, schneidet eine fürchterliche Grimasse und macht »Pfffffff«. Er lässt sich seitlich umkippen und sinkt in sich zusammen. Erst sackt er auf die Außenseite des Unterschenkels, dann auf den Oberschenkel und schließlich über den seitlichen Rumpf auf den Oberarm.

»Pffffff – so, jetzt bin ich leer«, sagt er und japst nach Luft.

Tonio klatscht in die Hände. »Wenn du mich fragst, bist du genau nach Vorschrift umgefallen. Wehgetan?«

»Nein«, sagt Eike. Er stützt sich mit dem Ellbogen ab und legt den Kopf auf die Hand. »Und das soll der ganze Trick sein?«, fragt er zweifelnd.

Tonio hebt ratlos die Hände. »Ich glaube schon.«

»Also gut, weiter«, sagt Eike. Er streift sich wegen seiner Schürfwunde doch schnell eine zweite Hose über. Dann spielt er mit Tonio noch ein paar Mal Luft herauslassen. Eike lässt sich mal nach links, mal nach rechts zu Boden sinken. Genau wie es auf dem Zettel steht. Tonio pikst Eike. Eike kippt um. Er steht wieder auf – und nochmal. Immer und immer wieder. Schließlich fängt Eike an zu lachen und kriegt sich nicht mehr ein.

Tonio stemmt die Hände auf die Hüften. »He, aufstehen, du fauler Sack. Hier wird nicht herumgelegen. Hier wird trainiert.«

»Pf-f-f-f«, macht Eike lachend.

Tonio holt die Luftpumpe von seinem Fahrrad und kniet neben Eike nieder. Dann setzt er die Pumpe in Höhe von Eikes Bauchnabel an und beginnt zu pumpen. Mit jeder Pumpbewegung wird

Eike ein wenig größer. Schließlich reckt er sich bis auf die Zehenspitzen.

»Halt, aufhören, sonst platze ich«, presst er hervor.

Tonio nimmt die Pumpe weg und tut so, als würde er Eikes nicht vorhandenes Bauchnabelventil wieder zuschrauben.

»So – und jetzt üben wir mit Ball«, sagt er.

Während der nächsten Übung wirft Tonio Eike den Ball in Hüfthöhe zu. Mal ein bisschen zu weit nach links, mal ein bisschen zu weit nach rechts. Eike lässt sich genau so zur Seite fallen, wie er es geübt hat. Auf diese Weise erwischt er fast jeden Ball, obwohl Tonio immer weiter nach links und weiter nach rechts wirft. Das funktioniert wie am Schnürchen. Doch dann lässt Eike einen Ball durch, ohne sich auch nur einen Millimeter zu bewegen.

»Der wäre eindeutig neben das Tor gegangen«, sagt Eike.

»Quatsch, der wäre drin gewesen«, behauptet Tonio.

»Niemals, der war daneben«, widerspricht Eike.

»Ich finde, Eike hat Recht!«, ruft Kerstin. Sie

hat schon eine ganze Weile unbemerkt zugesehen. Der Ball ist ihr direkt vor die Füße gerollt. Sie dribbelt in großem Bogen um die Hochsprungmatte. Dann legt sie sich den Ball zurecht, nimmt zwei Schritte Anlauf und haut drauf.

Eike taucht in die rechte Ecke und hält.

»Donnerwetter«, sagt Tonio anerkennend. Es ist nicht ganz klar, wen er meint. Sowohl Kerstins Schuss als auch Eikes Parade waren nicht von schlechten Eltern.

Kerstin sieht Eike fragend an. »Ich dachte, du willst nicht mehr ins Tor.«

Eike zeigt auf Tonio. »Der da hat mich überredet.«

»War eine tolle Parade«, sagt Kerstin. »Trainiert ihr immer hier?«

»Heute zum ersten Mal«, sagt Tonio.

»Erzähl ihr von unserem neuen Trainer«, sagt Eike.

Eigentlich wollte Tonio Papas Angebot erst morgen in der Schule bekannt geben. Aber da Kerstin nun schon einmal da ist, kann er es ihr auch gleich erzählen. »Am Freitag können wir das erste Mal richtig trainieren.«

»Mit wem?«, fragt Kerstin neugierig.

Tonio blickt verlegen zu Boden. Irgendwie kommt er sich jetzt blöd vor zu sagen, dass sein eigener Papa das Training übernehmen will.

»Kannst ja raten«, fordert Eike Kerstin auf.

»Berti Vogts?«

Die beiden Jungen lachen. Den früheren Trainer der deutschen Nationalelf werden sie wohl kaum gewinnen können.

»Herr Hoppenstedt?«, fragt Kerstin und muss selbst dabei lachen.

»Nein, der hat schon bei Bayern München unterschrieben«, erwidert Tonio trocken. »Aber nicht weitersagen – soll noch keiner wissen.«

»So ein Pech«, erwidert Kerstin. »Aber wenn du Bayern sagst, fällt mir noch einer ein. Habt ihr Trapattoni eingekauft?«

Dass Kerstin den früheren Trainer von Bayern München kennt, versetzt die Jungen in Staunen.

»Dreimal falsch – hast verloren«, sagt Eike. »Der Papa von Tonio will uns trainieren.«

»Dann hab ich ja fast richtig geraten«, sagt Kerstin.

Was hat der italienische Meistertrainer Trapattoni mit Tonios Papa zu tun? Eike schaut Kerstin verwundert von der Seite an.

Tonio zeigt ihr einen Vogel. »Papa freut sich bestimmt, wenn du ihn mit Trapattoni vergleichst. Aber so gut ist er auch nicht.«

»Ihr kapiert auch gar nichts«, sagt Kerstin. »Tonios Papa – Trapattoni – Papatoni.«

Eike und Tonio sehen einander an. Endlich fällt der Groschen. »Trapattoni – Papa-Toni!«, rufen sie gleichzeitig.

Und dann toben alle drei ausgelassen auf der Hochsprungmatte herum.

Sonderbewachung

Als Herr Hoppenstedt am nächsten Morgen in die Klasse kommt, sind die Kinder fürchterlich aufgedreht. Tonio hat von Papas Angebot erzählt und die Fußballbegeisterung kennt keine Grenzen mehr.

»Wer ist denn dieser Trainer Papatoni?«, möchte Herr Hoppenstedt wissen. Bei dem Durcheinander, das in der Klasse herrscht, hat er nur die Hälfte kapiert. Die Kinder sehen auf Tonio.

»Aber Herr Hoppenstedt«, erwidert Tonio, »Papatoni ist doch mein Papa.«

Herr Hoppenstedt kann seine Verwunderung nicht verbergen. »Aber ihr heißt doch Lentini mit Nachnamen«, sagt er.

»Papatoni ist nur ein Spitzname«, erklärt Tonio.

»Ah – so«, sagt Herr Hoppenstedt. »Spitzname – verstehe.«

Herr Hoppenstedt kann die Freude der Kinder

noch immer nicht begreifen. Trotzdem stellt er seiner Klasse großzügig die letzten beiden Freitagsstunden fürs Training auf dem Sportgelände zur Verfügung.

»Für alle, die mich noch nicht kennen«, stellt sich Tonios Papa beim ersten Treffen vor, »ich bin ...«

»Papatoni!«, ruft Matthias.

Lachend akzeptiert Tonios Papa seinen neuen Namen. »Und weil der berühmte italienische Meistermacher mit dem ähnlich klingenden Nachnamen das auch so macht«, sagt er, »wärmen wir uns erst mal gründlich auf.«

»Ich schwitz doch noch von Mathe!«, ruft Sebastian.

»Muss das sein?«, mault Sven. »Können wir nicht gleich kicken?«

»Genau das machen wir doch«, sagt Papatoni. »Nehmt euch bitte alle einen Ball und lauft damit ...«

Alle stürzen sich auf den großen Metallkorb, in dem die Bälle liegen. Papatoni stoppt die wilde Horde mit einem schrillen Pfiff.

»Halt!«, ruft er. »Ihr wisst doch noch gar nicht, was ihr machen sollt. Da drüben habe ich vier

Fähnchen aufgestellt. In diesem Feld lauft ihr mit dem Ball am Fuß kreuz und quer durcheinander. Und zwar so schnell ihr könnt. Und schaut nicht nur auf euren Ball, sonst knallt ihr nämlich mit den Köpfen zusammen. Beim nächsten Pfiff nehmt ihr den Ball unter den Arm und kommt zurück zu mir. So, los gehts!«

Und wieder stürzt die wilde Horde zu den Bällen.

Herr Hoppenstedt, der als Zuschauer an der Seitenlinie steht, wird von den Kindern beinahe umgerannt. Als sie dann mit ihren Bällen durcheinander rennen, kann er gar nicht hinsehen. Immer wieder stoßen welche zusammen. Nur wenige beherrschen es, den Ball am Fuß zu führen und gleichzeitig auf die anderen zu achten.

»Ist das nicht gefährlich?«, fragt Herr Hoppenstedt besorgt.

»Keine Angst, es wird schon nichts passieren«, antwortet Trainer Papatoni.

Rums – prallen wieder zwei Kinder mit den Köpfen zusammen. Nach kurzer Diskussion, wer den Zusammenstoß verursacht hat, laufen sie allerdings weiter.

»Na ja, ein paar Beulen kommen schon mal vor«, fügt Papatoni hinzu. Er zieht einen Notizblock heraus, um seine Beobachtungen aufzuschreiben. Ein paar Kinder kennt er bereits mit Namen, andere muss er sich im Rahmen seiner Notizen mit besonderen Kennzeichen merken.

Junge mit schwarzen Stoppelhaaren: gute Ball-

führung, sehr wendig. Stürmer?, schreibt Papatoni.

Mädchen mit Stirnband: prima Stellungsspiel. Abwehr.

Sven: gute Ballführung links und rechts, scheinbar ziemlich faul.

»Leider nicht nur scheinbar«, sagt Herr Hoppenstedt, der interessiert mitgelesen hat.

Papatoni guckt überrascht auf. »Mein Sohn hat mir erzählt, Sie würden sich nicht für Fußball interessieren.«

»Ganz Recht, ich habe nicht die geringste Ahnung von Sport. Und von Fußball verstehe ich schon gar nichts. Aber ich kenne meine Schüler. Und was Sven betrifft, liegen Sie goldrichtig. Der Junge ist faul. Wenn er allerdings will, kann er sich mächtig ins Zeug legen. Er kümmert sich zum Beispiel ganz toll um seinen Bruder. Sie müssen wissen, dass seine Mutter die beiden allein erzieht.«

»Allein mit zwei Jungs? Ganz schön hart«, sagt Papatoni.

»Für seinen kleinen Bruder macht Sven jedenfalls alles. Vom Füttern bis zum Windelwechseln.«

»Donnerwetter«, sagt Papatoni und wendet seine Aufmerksamkeit wieder den Kindern zu.

Mit einem Pfiff holt er sie zur nächsten Übung zusammen. Er stellt die Fähnchen als Slalom auf und schickt Eike zwischen die Pfosten. Ein Kind nach dem anderen darf den Ball im Slalomkurs durch die Stangen führen und abschließend aufs Tor schießen. Ungefähr die Hälfte der Schüsse kann Eike parieren. Keine schlechte Bilanz. Als Letzter ist Sven an der Reihe. Er merkt gar nicht, dass die andern schon fertig sind. Er jongliert beidfüßig mit dem Ball.

»Jetzt du, Sven!«, ruft Papatoni ihm zu.

»Moment, 75, 76 – kann gerade nicht –, 77«, sagt er und jongliert weiter. Bei 85 springt ihm der Ball davon. »Mist, vorhin hab ich 120 geschafft.«

Dann läuft er durch die Slalomstangen und kommentiert wie ein Reporter:

»Und nun kommt Sven Simonis. Er führt den Ball dicht am rechten Fuß. Gekonnt deckt er das Leder mit dem Körper ab und treibt es übers halbe Feld. Er umspielt einen Gegner nach dem anderen. Mit einer Körpertäuschung versetzt Simonis auch noch den letzten Abwehrspieler. Schon legt er sich den Ball auf den linken Fuß und zieht ab. Keine Chance für den Torhüter. Tor! Tor! Tor!« Jubelnd reißt er die Arme hoch und macht am Ende einen Handstandüberschlag.

»Spinner«, raunt Tonio den anderen zu.

»Keine Kunst, wenn du so nah rangehst!«, ruft Eike ihm nach.

Papatoni allerdings spendet Beifall. »Nicht übel!«, ruft er Sven zu. »Aber jetzt wollen wir mal sehen, ob du das auch mit richtigen Abwehrspielern hinkriegst.«

Er fordert die Kinder auf, zwei Mannschaften zu bilden. Endlich soll richtig gespielt werden.

»Wer meint, in die erste Mannschaft zu gehören, stellt sich auf die linke Seite. Wer sich eher in der zweiten Mannschaft sieht, geht auf die rechte«, sagt der Trainer.

Tonio, Altin, Udo, Eike, Matthias, Sebastian und Sven gehen ohne zu zögern nach links. Ein paar gehen nach rechts. Einige gehen zur Seitenlinie. Sie wollen die ganze Angelegenheit lieber von draußen beobachten und als Fans für Stimmung sorgen. Mehr als die Hälfte der Kinder bleibt unentschlossen stehen.

Offenbar glauben nur sieben Kinder, dass sie in die erste Mannschaft gehören. Vor allem die Mädchen halten sich auffallend zurück.

Papatoni blättert durch seine Notizen.

»Du da, mit dem Stirnband«, spricht er Kerstin an, die sich zur zweiten Mannschaft gestellt hat.

Kerstin dreht sich um, ob jemand hinter ihr gemeint ist. Dann zeigt sie mit fragender Miene auf sich.

»Das ist Kerstin«, flüstert Herr Hoppenstedt Papatoni zu.

»Ja, Kerstin, du gehst mit zur ersten Mannschaft. Und dann noch du in der grünen Hose.«

»Florian«, sagt Herr Hoppenstedt.

»Danke«, sagt Papatoni. »Also, Florian, du kommst auch noch in die erste. Und außerdem noch Andrea und Tim.«

Schließlich fehlt nur noch ein Spieler für die zweite Mannschaft. Der Trainer geht zur Seitenlinie. Er zeigt auf einen stämmigen Jungen. »Gehst du bitte in die Abwehr der zweiten Mannschaft?«

»Das ist Kevin«, sagt Herr Hoppenstedt.

»Ich?«, fragt Kevin.

»Ja, du. Und wenn dein Gegenspieler kein Tor macht, bist du Kandidat für die erste Mannschaft«, sagt Papatoni.

»Krieg bloß keinen Herzinfarkt, Dicker!«, ruft Sven lachend. Er verdreht die Augen, streckt die Zunge raus und greift sich mit beiden Händen an die Brust. Er keucht und japst, als würde er gleich ersticken.

Papatoni übergeht Svens Schauspieleinlage und legt Kevin die Hand auf die Schulter.

»Na, komm schon, Kevin. Probiers doch mal«, sagt er. »Du bleibst bei Sven und weichst ihm keinen Schritt von der Seite.«

»Ich? Gegen Sven? Das schaff ich doch nie«, sagt Kevin.

»Ich bin sicher, Sven bekommt keinen Ball heute«, sagt Papatoni. Schon wendet er sich den anderen zu, um ihnen ihre Positionen und Aufgaben zu erläutern.

Kevin bückt sich, um seine Schuhe enger zu binden. Ihm ist ganz heiß im Bauch. Ausgerechnet gegen Sven. Na ja, versuchen kann er es ja wenigstens.

Die erste Mannschaft bekommt das Spiel schnell in den Griff. Trainer Papatoni ist mit den Leistungen ganz zufrieden. Tonio ackert im Mittelfeld wie ein Pferd. Er treibt die Bälle nach vorne. Wenn es nötig ist, hilft er auch hinten aus. Bei einem der seltenen Angriffe der zweiten Mannschaft rettet er sogar einmal in letzter Sekunde auf der Torlinie.

»Danke«, sagt Eike, der den Ball nicht hätte erreichen können.

»Für meinen Torwart mach ich doch alles«, sagt Tonio grinsend. Die beiden heben die Hände und klatschen ab.

Nur noch einmal wird Eike in der ersten Halbzeit ernsthaft gefordert. Da muss er sich allerdings ordentlich lang machen. Er fliegt durchs halbe Tor und lenkt den Schuss mit den Fingerspitzen um den Pfosten. Sofort nach der Parade schaut er zu Tonio. Der hält beide Daumen hoch. Das Sondertraining hat sich gelohnt.

Kurz vor der Halbzeit köpft Altin das 3:0 für die erste Mannschaft. Jubelnd bedankt er sich bei Matthias, der ihm nach einem Solo über den halben Platz eine wunderbare Flanke geschlagen hat. Trainer Papatoni pfeift zur Pause.

»Das ist doch schon ganz ansehnlich gewesen«, sagt er und klatscht Beifall.

Kevin kommt mit hochrotem Kopf und hängender Zunge an den Seitenrand. Sein Hemd ist klatschnass.

»Um Himmels willen, Junge, du musst dir was überziehen«, sagt Herr Hoppenstedt. »Du bist ja total erhitzt.«

»Tolle Leistung, Kevin«, lobt Papatoni.

»Danke«, erwidert Kevin erschöpft und leert eine halbe Flasche Mineralwasser.

Trainer Papatoni hat für alle ein paar persönliche Worte. Er lobt die Stärken, verschweigt aber auch nicht die Schwächen. Bevor er wieder anpfeift, geht er zu Sven.

»Versuch dich von Kevin zu lösen«, sagt Papatoni. »Wenn du dich nicht freiläufst, können dich die anderen nicht anspielen.«

Doch Sven kann seinen Gegenspieler auch in der zweiten Hälfte keinen Meter abschütteln. Kevin weicht ihm nicht von der Seite. Gegen Ende des Spiels gibt Sven frustriert auf.

»Lass mich endlich in Ruhe! Du gehst mir auf den Zeiger, Fetti!«, schnauzt er Kevin an und setzt sich im Schneidersitz auf den Rasen. Kevin ist verunsichert. Was jetzt? Soll er Sven alleine lassen? Oder soll er weiter bei ihm bleiben und ihn bewachen? Hilflos sucht Kevin Blickkontakt zum Trainer. Papatoni gibt eindeutige Zeichen. Kevin soll bei seinem Gegenspieler bleiben. Dem ausgepumpten Manndecker ist das mehr als recht. Er hofft, dass Sven seinen Sitzstreik bis zum Ende des Spiels aufrechterhält.

Mannschaftsbesprechung

Zum verabredeten Montagstraining taucht Sven nicht auf. Am Dienstag sagt er in der Schule, er hätte auf seinen Bruder aufpassen müssen.

»Glaubst du Sven die Geschichte mit seinem Bruder?«, fragt Eike Tonio auf dem Weg nach Hause.

»Wieso soll er uns was vorlügen?«, fragt Tonio.

»Weiß nicht«, sagt Eike. »Es klang so nach Ausrede. Vielleicht hat er ja keinen Bock mehr.«

Mitte der Woche kommt Herr Hoppenstedt mit einem Brief ins Klassenzimmer. »So Kinder, jetzt wird es ernst«, sagt er.

»Schreiben wir schon wieder ein Diktat?«, fragt Tonio.

»Aber nein«, antwortet Herr Hoppenstedt. »Ich habe Post von der Turnierleitung erhalten.«

Die mit Spannung erwartete Auslosung der Gruppengegner hat stattgefunden. Die Klasse 4a der Wildpark-Grundschule spielt in der Gruppe 3.

Folgende Mannschaften wurden derselben Gruppe zugelost:

die Klasse 6b des Grotenburg-Gymnasiums,
die Klasse 5a der Betzenberg-Gesamtschule,
die Klasse 5 der Realschule Grünwald.

»Das sind ja alles Ältere«, raunt Tonio seinem neuen Tischnachbarn zu.

Eike nickt. »Ist doch gut. Dann sind wir die Außenseiter. Da glauben alle, dass sie ein leichtes Spiel haben«, sagt er.

Trainer Papatoni hat die Mannschaft einschließlich aller Ersatzspieler und Fans nach Hause eingeladen. Kurz vor drei Uhr klingeln die ersten Kinder bei Lentinis an der Tür. Tonio und Eike, der gleich nach der Schule mitgekommen ist, schicken alle ins Wohnzimmer. Wer keinen Platz auf Stühlen, Sesseln oder dem Sofa findet, setzt sich auf den Teppich.

Trainer Papatoni hat für Getränke gesorgt und sogar Brote geschmiert. Außerdem stehen überall Schalen mit Gummibärchen, Nüssen und Chips herum. Den Broten schenkt keiner Beachtung, doch die Schalen mit den Knabbersachen sind bereits nach wenigen Minuten leer.

Bis auf Sven sind kurz nach drei Uhr alle versammelt.

Eike ist sauer. »Jetzt müssen wir schon wieder auf den warten. Kann der nicht ein einziges Mal pünktlich sein?«

»Soll der Doofkopf doch ganz wegbleiben«, mault Kerstin.

»Na, na, na«, sagt Trainer Papatoni. »Das höre ich aber gar nicht gern. Und wenn der Betreffende nicht da ist, um sich wehren zu können, mag ich so was erst recht nicht.«

»Ich würde ihm das auch ins Gesicht sagen«, erwidert Kerstin.

»Ist doch wahr«, sagt Eike. »Sven braucht immer eine Extrawurst. Außerdem hackt er seit letzter Woche dauernd auf Kevin herum.«

»Heute früh hat er behauptet, dass er sowieso keinen Bock mehr auf Klassenmannschaft hat«, sagt Altin.

»Spielen wir eben ohne diesen Angeber«, schlägt Tonio vor.

»So einfach gehts auch wieder nicht«, meint Trainer Papatoni.

»Warum nimmst du Sven dauernd in Schutz?«, fragt Tonio. »Wenn ich so oft zu spät kommen würde wie er, wäre ich garantiert längst aus der Mannschaft geflogen.«

»Na ja, vielleicht würde ich dich noch als Ersatzspieler auf die Bank setzen«, sagt Papatoni. »Ich finde allerdings, wir sollten Sven eine Chance geben. Er ist nun mal ein toller Spielmacher.«

»Das wäre Matthias auch«, sagt Eike.

»Stimmt«, erwidert der Trainer. »Aber Matthias ist unser Libero. Er kann sich nicht ständig ins Angriffsspiel einschalten. Ein guter Gegner wird Matthias keine Zeit lassen, Ausflüge nach vorne zu machen. Deswegen brauchen wir Sven als Spielmacher.«

»Wir können ja abstimmen«, schlägt Eike vor.

»Abstimmen finde ich nicht gut«, meldet sich Kevin zu Wort.

»Wieso das denn?«, fragt Tonio.

»Weil Sven dann keine Chance hätte«, antwortet Kevin.

»Ja und? Wenn wir uns doch alle einig sind«, meint Altin.

Kevin schluckt. Er steht nicht gern im Mittelpunkt. Und jetzt sind alle Augen auf ihn gerichtet. Verlegen knetet er seine Finger.

»Stellt euch vor, ihr hättet darüber abstimmen müssen, ob ich als Manndecker gegen Sven spiele.«

»Dann hätten wir nie herausbekommen, dass

du so ein toller Verteidiger bist«, sagt Matthias. Er klopft Kevin auf die Schulter. Die andern nicken zustimmend.

»Eben«, sagt Kevin. »Deshalb bin ich auch bei Sven gegen Abstimmung. Er hätte nämlich keine Chance.«

»Tja – da ist was dran«, sagt Papatoni. Im selben Augenblick klingelt es an der Wohnungstür.

»O – o. Wenn man vom Teufel spricht«, sagt Tonio.

»Dann können wir wenigstens gemeinsam darüber reden«, sagt Trainer Papatoni.

»Na? Was für eine Ausrede hast du diesmal?«, fragt Kerstin, als Sven das Zimmer betritt.

Sven sieht Kerstin erstaunt an. »Wieso Ausrede?«

»Guck auf die Uhr«, sagt Eike.

»Reg dich nicht auf, die paar Minuten«, erwidert Sven.

»Paar Minuten? Fast eine halbe Stunde«, sagt Kerstin empört und tippt sich an die Stirn.

»Soll ich meinen Bruder in einer verschissenen Windel herumlaufen lassen?«, fragt Sven sauer.

»Ha, ha, ha«, sagt Eike. »Das sollen wir glauben.«

»Also gut, nächstes Mal bringe ich die Windel mit und reib sie dir unter die Nase«, fährt Sven Eike an.

Er hockt sich auf den Teppich. Die anderen betrachten ihn feindselig. Sven nimmt die letzte Erdnuss aus einer Schale. Er wirft sie hoch und fängt sie mit dem Mund auf.

»Hättet mir ja ruhig ein paar mehr übrig lassen können«, sagt er.

Aber auch damit kann er das Schweigen der anderen nicht brechen.

»Was ist denn?«, fragt er. »Ist wem der Goldhamster gestorben? Dann will ich nicht länger stören.« Sven steht auf. »Hab keine Lust auf Beerdigung.«

»Bleib sitzen, Sven. Wir wollen mit dir reden«, sagt Papatoni.

Sven setzt sich wieder. Doch er schüttelt den Kopf. »Und warum sagt dann keiner was?«

»Wir haben darüber geredet, dass du eigentlich ein guter Spielmacher bist«, sagt Matthias.

»Eigentlich«, wiederholt Sven. Trotzig verschränkt er die Arme vor der Brust. »Und wie stehts mit uneigentlich?«

»Kommt darauf an«, sagt Matthias.

»Und worauf, wenn ich fragen darf?«

Die anderen im Zimmer verdrehen genervt die Augen. Svens Ton geht ihnen auf den Wecker. Es fallen böse Worte.

»Sag mal, warum markierst du hier eigentlich den dicken Macker?«, fragt Matthias. »Ich weiß doch genau, dass es dir selber am meisten stinkt, wie schlecht du gegen Kevin ausgesehen hast.«

»Bloß weil mir Fetti dauernd auf den Füßen rumgelatscht ist«, sagt Sven.

Bis jetzt hat sich Trainer Papatoni im Hintergrund gehalten. Die Kinder sollten ihren Streit allein in den Griff bekommen.

»Jetzt muss ich auch mal ein paar Dinge loswerden«, schaltet er sich nun ein. Er wendet sich an Sven: »Dass Kevin ein paar Pfund mehr auf den Rippen hat als du, ist nicht zu übersehen. Das hat ihn allerdings nicht daran gehindert, dich absolut wirkungslos zu machen. Im Übrigen hast du es ihm zu verdanken, dass du hier bist. Kevin hat als Einziger für dich gesprochen. Einige hatten vorhin große Lust, dich vor der Tür stehen zu lassen.«

Sven holt Luft, um etwas zu sagen. Dann macht er den Mund wieder zu. Diesmal zieht er es vor zu schweigen. Das überlegene Grinsen, das er bis eben zur Schau gestellt hat, ist ihm von einem Moment zum anderen aus dem Gesicht gerutscht. Er schluckt. Schniefend wischt er sich mit dem Handrücken über die Nase. »Dann ist es wohl doch besser, wenn ich gehe«, sagt er leise und rappelt sich hoch.

»Setz dich hin«, sagt Matthias. Bestimmt, aber gutmütig zieht er ihn am Ärmel wieder auf den Teppich zurück. »Hör dir erst mal an, was unser Trainer noch zu sagen hat.«

Papatoni räuspert sich. »Sven, du bist ein wirklich guter Fußballer. Wenn du in Zukunft neben deinem Mundwerk auch noch die Beine bewegst, hast du das Zeug zum Spielmacher. Das nächste Training ist am Freitag um zwei. Ich gehe davon aus, dass du da bist. Pünktlich.«

Sven zuckt mit den Schultern. »Werds versuchen«, sagt er.

»Sven«, sagt Matthias.

»Was denn noch?«, fragt Sven.

Matthias macht eine seitliche Kopfbewegung in Kevins Richtung. Erst als auch alle anderen ihre Augen erwartungsvoll auf ihn richten, kapiert Sven, was Matthias meint.

»Entschuldigung«, sagt er kaum hörbar. Aber er reicht Kevin die Hand.

»So – und jetzt Schwamm drüber«, sagt Papatoni.

Endlich kann er die Aufstellung der Mannschaft bekannt geben. Dass Eike im Tor steht, ist inzwischen sonnenklar. Er soll aber weiter mit Tonio Extratraining machen. Als Libero steht Matthias fest. Natürlich kann er auch mit nach vorne gehen, wenn es der Gegner zulässt.

»In dem Fall ist es Kerstins Aufgabe, hinten abzusichern«, sagt Papatoni.

Kevin soll als Manndecker auf den gefährlichsten Stürmer des jeweiligen Gegners angesetzt werden. »Vielleicht kannst du ja noch ein klein wenig deine Kondition verbessern«, meint Papatoni zwinkernd.

»Und wie kriegen wir raus, wer der gefährlichste Stürmer ist?«, fragt Kerstin.

»Spätestens wenn es zum ersten Mal in Eikes Kasten geklingelt hat, wissen wirs,« sagt Matthias.

»Ein bisschen früher wäre natürlich von Vorteil«, meint Papatoni. »Aber keine Sorge, so was erkennt man in der Regel sehr schnell.«

Die restliche Abwehr bilden Udo, Kerstin und Tim. Tonio und Florian spielen im zurückgezogenen Mittelfeld. Spielmacher ist Sven.

»Unter der Voraussetzung, dass du dich ein bisschen mehr reinhängst«, sagt Papatoni mit hochgezogenen Augenbrauen.

»Geht klar, Chef«, sagt Sven. Er ist erleichtert, noch eine Chance zu bekommen.

»Sebastian und Altin machen vorne die Dinger rein«, sagt Papatoni. »Andrea, Torsten, Oliver und Ergin spielen natürlich auch. Wir wechseln häufig aus, damit alle mal drankommen. So – das wärs. Oder fällt euch noch was ein?«

»Wir brauchen einen Kapitän«, sagt Eike.

»Wie wärs mit Kevin?«, schlägt Andrea vor.

Kevin reißt entsetzt die Augen auf. »Nein – bloß nicht – so was kann ich nicht.«

»Ich finde, Matthias wäre ein guter Kapitän«, sagt Tonio.

»Was muss ich denn da machen?«, fragt Matthias.

»Dir den Siegerpokal überreichen lassen«, sagt Kerstin.

Trainer Papatoni lacht. »Ja, das kommt dann ganz zum Schluss. Aber vorher musst du den Schiedsrichter und die gegnerische Mannschaft begrüßen. Und du bist für die Platzwahl zuständig.«

»Kein Problem«, sagt Matthias, »der Gegner spielt immer erst gegen den Wind. Dann ist er in der zweiten Halbzeit schön schlapp.«

»Und der Kapitän hat auch die Aufgabe, Streit in der Mannschaft zu schlichten«, fügt der Trainer hinzu.

»Streitet hier jemand?«, fragt Matthias und hebt drohend die Faust.

»Ihr seht, was euch blüht, wenn Matthias Kapitän wird. Stimmen wir also ab. Wer ist für Matthias?«

Wie erwartet gibt es keine einzige Gegenstimme.

»Gratuliere, Matthias«, sagt Papatoni.

Matthias verbeugt sich leicht. »Danke«, sagt er, »jetzt braucht unsere Mannschaft nur noch einen fetzigen Namen.«

In diesem Moment kommt Frau Lentini von der Arbeit nach Hause. Sie tritt ins Wohnzimmer und hält sich stöhnend die Augen zu.

»Ich habs geahnt«, sagt sie. »Der Wildpark-Tornado hat unser Wohnzimmer verwüstet.«

»Mensch, Mama!«, ruft Tonio begeistert. »Das ist die Idee.«

»Was?«, fragt Frau Lentini verwundert.

Auch die anderen begreifen nicht, was Tonio meint.

»Wildpark-Tor-na-dos!«, ruft Tonio und klatscht dreimal in die Hände.

Jetzt springt der Funke über. Die andern stimmen mit ein:

»Wildpark-Tor-na-dos!«, klatsch – klatsch – klatsch, »Wildpark-Tor–na–dos!«, klatsch – klatsch – klatsch.

»Hätte ich bloß nichts gesagt«, meint Frau Lentini und verlässt fluchtartig das Zimmer.

Sand im Getriebe

Bevor das Turnier beginnt, können die Wildpark-Tornados noch zwei Testspiele organisieren. Das erste geht gegen die Parallelklasse und wird mit 7:1 gewonnen. Das einzige Gegentor kommt durch einen umstrittenen Elfmeter zustande. Nach dem Spiel äußern die Tornados den Verdacht, dass der Schiedsrichter diesen Elfmeter aus reinem Mitleid für die 4b gepfiffen hat.

Der Gegner des zweiten Testspiels ist weitaus stärker. Altin hat die sechste Klasse seines großen Bruders einladen können. In der ersten Halbzeit halten die Tornados prima mit. Eine Minute nach Wiederanpfiff schießt Sven sogar das 1:0. Danach drehen die Sechser voll auf und gewinnen mit 3:1. Wie gut, dass sie nicht am Turnier teilnehmen.

Endlich ist der mit fieberhafter Spannung erwartete Mittwoch gekommen. Pünktlich um 14.30 Uhr soll das erste Gruppenspiel gegen die Gesamtschule Betzenberg angepfiffen werden. Die Wildpark-Tornados treffen sich eine halbe

Stunde vorher. Natürlich kommen auch Herr Hoppenstedt und der Rest der Klasse. Sie wollen ihre Mannschaft vom Spielfeldrand aus anfeuern und sie in der Halbzeitpause mit Mineralwasser und Obst versorgen. Herr Hoppenstedt lässt es sich auch nicht nehmen den Lehrer der gegnerischen Mannschaft offiziell zu begrüßen.

Wer nicht kommt, ist Sven. Obwohl er nach der Standpauke kein einziges Mal unpünktlich gewesen ist, sind die anderen stinksauer.

Trainer Papatoni muss die Mannschaft umstellen.

»Kerstin, du übernimmst den Liberoposten. Matthias geht ins offensive Mittelfeld und übernimmt Svens Aufgaben. Tonio, du läufst heute nicht nur für zwei, sondern für drei. Das gilt auch für dich, Kevin.«

Vor dem Anpfiff bilden die Tornados einen Kreis. Sie legen sich gegenseitig die Arme über die Schultern und stecken die Köpfe zusammen.

»Wildpark-Tor–na–dos!«, rufen sie dreimal. Die Fans und Herr Hoppenstedt antworten am Spielfeldrand mit rhythmischem Klatschen.

Bei der Platzwahl hält Matthias den angefeuchteten Zeigefinger in die Luft. Klare Sache. Erst wird mit dem Wind gespielt.

Die Betzenberg-Gesamtschule stößt an und startet sofort einen Angriff über links. Eine weite Flanke vors Tor, Eike kommt heraus, um zu fausten. Der Wind treibt den Ball immer weiter. Eike springt ins Leere. Ein gegnerischer Stürmer nimmt den Ball aus der Luft. Scheppernd kracht er gegen den Aluminiumpfosten. Der Abpraller springt Eike in die Arme. Aufatmen. Dem Publikum sind die Anfeuerungsrufe im Hals stecken

geblieben. Noch keine zwanzig Sekunden gespielt und die Tornados wären beinahe in Rückstand geraten. Trainer Papatoni ruft Anweisungen auf den Platz. »Kevin! Dein Mann!« Er zeigt auf den gefährlichen Torschützen. »Eike, raus das Ding!«

Eike tippt den Ball auf und schlägt auf Tonio ab. Anstatt dem Ball entgegenzulaufen, bleibt Tonio stehen. Als ihm ein Verteidiger den Ball

vom Fuß nimmt, begreift er gar nicht, wo der Gegner so schnell hergekommen ist. Schon rollt der nächste Angriff auf das Tor der Tornados. Wieder wird Kevins Mann angespielt. Doch diesmal lässt ihm Kevin keinen Millimeter Raum. Rückpass ins Mittelfeld. Das Spiel wird auf die linke Seite verlagert. Noch eine Flanke, Eike faustet. Leider zu kurz. Schuss vom gegnerischen Spielmacher. Knapp übers Tor. Wie lange können die Tornados dem Druck der Gäste standhalten?

Das 0:1 lässt nicht lange auf sich warten. Für ein paar Augenblicke herrscht rings um den Platz absolute Stille. Erst als Herr Hoppenstedt rhythmisch in die Hände klatscht, erwachen die Fans zu neuem Leben.

»Wildpark-Tor–na–dos!«, heizt Herr Hoppenstedt die Stimmung an.

Sowohl auf dem Spielfeld als auch unter den Zuschauern wird gelacht. Der sonst so steife Lehrer brüllt sich in Anzug und

Fliege die Kehle heiser. Obwohl die Gäste Eikes Tor weiter belagern, feuern die Fans der Tornados ihre Mannschaft lautstark an. Doch als der Ball zum zweiten Mal in Eikes Tor landet, herrscht abermals Grabesstille.

Dann kommt Sven.

»Wo kommst du denn jetzt her?«, fragt Papatoni verärgert.

»Tut mir Leid«, antwortet Sven atemlos. »Aber es ging nicht früher. Wirklich. Wie steht es?«

»0:2«, sagt Trainer Papatoni.

»Kann ich spielen?«, fragt Sven.

Papatoni reibt sich am Kinn und sieht Sven nachdenklich an.

»Bitte«, fleht er. »Ich kann nichts dafür. Ich schwörs.«

Sven klingt überzeugend. Für Fragen ist im Augenblick ohnehin keine Zeit.

»Mach dich fertig«, sagt Papatoni. »Du könntest längst ein Tor geschossen haben.«

Bei der nächsten Spielunterbrechung wird Sven auf den Platz geschickt.

»So, Leute!«, ruft Papatoni. »Ab jetzt alles wie gehabt!«

Sven geht auf seine Position. Matthias kehrt zurück auf den Liberoposten. Kerstin spielt linke Verteidigerin. Trotzdem ändert sich auch in den verbleibenden fünf Minuten der ersten Halbzeit nicht viel an der Situation. Die Gäste bleiben deutlich überlegen.

Sven läuft sich zwar ständig frei und bietet sich lautstark an. Er wird allerdings kein einziges Mal angespielt.

Starker Sturm und heiße Winde

Zur Halbzeitpause herrscht betretenes Schweigen. Dann macht Sven seinem Ärger Luft. »Wieso bekomme ich keinen Ball?«

»Wieso spielt der überhaupt?«, beschwert sich Sebastian bei Papatoni.

»Wenn Sven pünktlich gewesen wäre, würden wir nicht mit 0:2 hinten liegen«, schimpft Kerstin.

Sven schießen die Tränen in die Augen. »Meint ihr, das war Absicht?«, brüllt er. »Was kann ich dafür, wenn meine Mutter nicht rechtzeitig zurück ist. Ich kann Kolja doch nicht allein lassen. Der ist doch noch nicht mal zwei!«

Trainer Papatoni schaut auf die Uhr. Die Pause ist gleich vorbei. »Wir reden nach dem Spiel darüber. Wenn ihr das Steuer herumreißen wollt, dürft ihr nicht weiter zehn gegen einen in der eigenen Mannschaft spielen. Das nützt nämlich nur dem Gegner. Und jetzt legt euch ins Zeug. So gut wie die seid ihr schon lange.«

Der Schiedsrichter pfeift. Die Gäste traben locker auf den Platz. Papatonis Schützlinge schlurfen mit hängenden Köpfen hinterher. Sie scheinen die aufmunternden Worte ihres Trainers gar nicht gehört zu haben. Von wegen Wildpark-Tornados – die Spielerinnen und Spieler der 4a wirken eher wie ein laues Lüftchen.

»He, halt, wir haben was vergessen!«, ruft Matthias.

Der Kapitän winkt die Mannschaft zusammen. Er lässt einen Kreis bilden. Die Kinder legen einander die Arme um die Schultern und stecken die Köpfe zusammen.

»Wildpark-Tor–na–dos!«, rufen sie.

Das Publikum stimmt mit ein. Der Funke springt über. Die Tornados werfen alles nach vorn. Die Gesamtschule Betzenberg verteidigt mit Mann und Maus. Sven ist überall gleichzeitig und versteht es, alle mitzureißen. Auch Matthias schaltet sich ständig in den Angriff ein. Nur Kerstin sichert noch nach hinten ab. Die wenigen Konter meistert sie ohne Mühe. Eike steht an seiner Strafraumgrenze, um das Spiel besser verfolgen zu können. Auf Zuspiel von Sven gelingt Sebastian endlich der Anschlusstreffer. Die Kinder sehen zum Trainer. Wie lange noch? Papatoni signalisiert zehn Minuten. Nur keine Sekunde verlieren. Das nächste Tor scheint in der Luft zu liegen. Hart an der Strafraumgrenze wird Matthias bei einem seiner Vorstöße gefoult. Elfmeter? Nein, der Schiedsrichter gibt Freistoß. Der Betzenberger Spieler bekommt die gelbe Karte. Die Gegner bilden eine Mauer. Sven, Matthias und Tonio stehen zusammen. Sie haben im Training auch Freistöße geübt. Allerdings keine Tricks, wie man sie in der Bundesliga sieht. Trainer Papatoni war schon froh, wenn das Tor getroffen wurde.

Matthias legt sich den Ball zurecht. Aber alle drei nehmen Anlauf. Wer wird schießen? Der Schiedsrichter pfeift. Matthias, Sven und Tonio setzen sich gleichzeitig in Bewegung. Matthias springt über den Ball und läuft links um die Mauer. Sven springt über den Ball und läuft rechts herum. Tonio haut drauf. Alles passiert blitzschnell. Der Ball kracht an die Latte. Sven erwischt den Abpraller mit dem Kopf. Der Ball tropft Matthias vor die Füße. Schuss. Tor. Jubel. Trotz der schlechten ersten Halbzeit ist der Ausgleich inzwischen mehr als verdient. Die Tornados haben sich eine deutliche Überlegenheit erspielt. Altin holt den Ball aus dem Netz und legt ihn auf den Anspielpunkt. Das Unentschieden reicht Papatonis Schützlingen nicht. Jetzt wollen sie gewinnen. Der Trainer versucht Matthias nach hinten zu beordern. Vier Minuten vor Schluss bloß keinen Gegentreffer mehr kassieren. Doch die Tornados kennen nur noch eine Richtung. Nach vorne. Lediglich Kerstin und Kevin halten sich zurück und bleiben an der Mittellinie.

Schon kommt der Konter, den Papatoni befürchtet hat. Ausgerechnet jetzt machen sich Kevins überzählige Pfunde bemerkbar. Er gibt zwar sein Bestes, aber sein Gegenspieler eilt ihm davon.

Durch geschickte Raumdeckung kann Kerstin den Angreifer zur Seitenlinie drängen. Trotzdem gelingt ihm eine Flanke. Zwei Spieler auf einmal tauchen frei vor Eikes Tor auf.

»Raus!«, brüllt Papatoni.

»Raus! Eike! Entgegen!«, brüllt Tonio.

Doch der Torhüter der Tornados

weiß selbst, was er zu tun hat. Er kommt aus dem Tor und verkürzt den Winkel. Der Stürmer versucht einen Querpass zum freien Mittelstürmer. Eike reißt das Bein hoch. Der abgefälschte Ball kullert aufs leere Tor zu. Eike rappelt sich auf, rutscht aber aus. Auf allen vieren krabbelt er hastig hinter dem Ball her. Keine Chance.

»Weg!«, ruft in diesem Augenblick Kevin.

Zwar hat ihn sein Gegenspieler dieses eine Mal abschütteln können, aber jetzt grätscht Kevin mit langem Bein dem Ball entgegen und spitzelt ihn um den Torpfosten.

Der Schiedsrichter pfeift zur Ecke. Erst jetzt macht sich die Stille bemerkbar, die für einige Sekunden den Platz beherrscht hat. Dann bricht der Jubel los.

»Wildpark-Tor–na–dos!«, feuern die Fans ihre Mannschaft an.

Den anschließenden Eckball kann Eike sicher aus der Luft fangen. Weiter Abschlag. Vorne lauert Altin. Nur ein Verteidiger ist bei ihm. Er stoppt den Ball mit der Brust. Mit einem Heber überspielt Altin sich und den Verteidiger. Altin macht eine halbe Drehung. Schon läuft er allein dem Torwart entgegen. Der bleibt wie angewurzelt auf der Linie stehen. Kein Problem für Altin. 3:2.

Jubelnd stürzen sich die Tornados auf den Torschützen. Der Schiedsrichter pfeift das Spiel noch einmal an, um es Sekunden später endgültig abzupfeifen.

Das erste Spiel ist gewonnen. Trainer Papatoni reißt die Arme hoch. Er lädt die ganze Mannschaft zum Feiern nach Hause ein. Dort werden die dramatischen Schlussminuten noch zigmal bis ins Kleinste zerpflückt und besprochen. Erst Kevins Rettungsaktion in letzter Sekunde. Dann Eikes unglaublicher Abschlag und schließlich Altins entscheidendes Tor.

»Echt toll«, sagt Tonio, »wie du den Ball rückwärts über dich und den Verteidiger gelupft hast. Und den Torwart hast du total alt aussehen lassen. Echt irre.«

»Der Torwart hätte rauskommen müssen«, sagt Eike fachmännisch.

Die Begeisterung kennt keine Grenzen. Die Kinder bekommen nicht einmal mit, dass es an der Wohnungstür klingelt. Erst als Kolja mit erhobenen Armen und dickem Windelpo auf Sven zuwackelt, wird es leiser.

»Wo kommst du denn her?«, fragt Sven überrascht.

»Sven, wo bleibst du denn?«, fragt Svens Mutter vorwurfsvoll. Sie ist mit Papatoni ins Zimmer gekommen. »Du weißt doch, dass ich noch einmal weg muss.«

»Ach du Schande«, sagt Sven. Er klatscht sich mit der flachen Hand an die Stirn. »Das hab ich total vergessen.«

»Und bis ich herausgefunden habe, wo du steckst«, sagt Frau Simonis händeringend. »Ich habe alle möglichen Leute angerufen. Erst Herr Hoppenstedt hat gewusst, wo ich dich finde.«

»Das ist wohl eher meine Schuld«, versucht Trainer Papatoni Sven in Schutz zu nehmen.

»Komm jetzt, Sven. Ich hab den Termin verschieben können. Aber jetzt muss ich mich beeilen«, sagt Svens Mama.

»Lassen Sie Kolja doch einfach hier«, schlägt Kevin vor. Er hat in der Zwischenzeit mit Svens kleinem Bruder herumgekaspert. Kolja gluckst und lacht. Als Kevin ihm die Arme hinstreckt, rennt ihm Kolja strahlend entgegen.

»Wie es scheint, ist er gut aufgehoben«, sagt Papatoni.

Svens Mama sieht ihn skeptisch an. »Wenn Sie meinen.«

»Ich weiß was«, sagt Kerstin. »Wir ernennen Kolja einfach zu unserem Maskottchen. Dann kann Sven ihn immer mitbringen.«

Seine zukünftige Funktion kommentiert der Kleine mit einem knatternden Tornado in die Windel.

»Auch das noch«, sagt Sven. »Hast du Windeln dabei, Mama?«

Höhen und Tiefen

Nach dem Sieg im ersten Spiel um den Stadtpokal sind die Tornados die Helden der Schule. Sogar zum Training kommen inzwischen Zuschauer. Unter Papatonis Anweisungen probieren die Viertklässler neue Kombinationen und Spielzüge. Der Trainer lässt nun auch häufig Freistöße und Elfmeter üben. Herr Hoppenstedt ist endgültig vom Fußballfieber gepackt. Um besser mitreden zu können, hat er sich Fußballbücher aus der Bibliothek geholt. Am Samstag verfolgt er sogar die Spiele der Bundesliga im Fernsehen. Am nächsten Montag zeigt er sich allerdings wenig begeistert.

»Zum Vorbild dürft ihr euch die Bundesligaspieler aber nicht nehmen«, entrüstet er sich. Milde ausgedrückt findet er die Rempeleien und das Getrete einfach brutal. »Und dann zerren sie einander auch noch ständig am Trikot herum«, sagt er.

In neun Spielen hat es am vergangenen Wochenende immerhin acht rote Karten und jede Menge Verwarnungen gegeben. Bei 40 gelben Karten hat Herr Hoppenstedt aufgehört mitzuzählen.

»Ach, das ist nicht immer so«, sagt Matthias.

»Wirklich?«, fragt Herr Hoppenstedt zweifelnd.

Tonio nickt. »Matthias hat Recht. Vor ein paar Wochen war es noch viel schlimmer. Da gab es 45 gelbe und zwölf rote Karten.«

Herr Hoppenstedt schüttelt fassungslos den Kopf.

Am zweiten Spieltag des Turniers haben die Tornados ihr erstes Auswärtsspiel zu bestreiten. Mannschaft und Fans treffen sich mit Fahrrädern vor der Schule. Knapp dreißig Kinder, ein Trainer, zwei Lehrer, ein paar Eltern und ein Maskottchen namens Kolja machen sich auf den Weg zum Sportgelände des Grotenburg-Gymnasiums. Trainer Papatoni hat extra den alten Kindersitz auf sein Fahrrad montiert, um Kolja transportieren zu können.

Als die Tornados ihre Gegner sehen, bleibt ihnen erst einmal die Spucke weg. Eike stößt Tonio mit dem Ellbogen an.

»Mann, sind die groß«, sagt er leise.

»Lasst euch bloß nicht einschüchtern«, sagt Trainer Papatoni. »Wir haben von Anfang an gewusst, dass ihr die jüngsten Teilnehmer des Turniers seid. Immerhin habt ihr als einzige vierte Klasse schon mal gewonnen.«

Doch seine aufbauenden Worte nutzen nichts. Die 6b des Grotenburg-Gymnasiums ist den

Wildpark-Tornados nicht nur körperlich überlegen. Auch technisch ist sie deutlich besser. Wie am Schnürchen gezogen rollt der Ball durch ihre Reihen. Zur Halbzeit steht es 0:3. Die Tornados können froh sein, dass ihre Gegner in der zweiten Hälfte einen Gang zurückschalten. Wer weiß, wie viele Tore Eike sonst noch hätte kassieren müssen. Nach einem wunderschönen Sololauf gelingt Sven wenigstens der Anschlusstreffer. Allerdings wird das 1:3 von den Gymnasiasten sofort nach dem Wiederanpfiff mit dem 1:4 beantwortet.

Ist das bereits das Aus für die Tornados? Müssen sie schon nach der Vorrunde ausscheiden? Die zweite Paarung dieses Spieltages endet mit 4:4. Die Tornados bleiben trotz ihrer Niederlage auf dem zweiten Tabellenplatz. Mit einem Sieg im letzten Spiel können sie den Einzug ins Viertelfinale immer noch aus eigener Kraft schaffen. Unter Umständen reicht sogar ein Unentschieden.

Allerdings müssen die Tornados auch zum letzten Gruppenspiel auswärts antreten. Die Fahrradschlange ist noch länger als beim vorigen Mal. Bevor er seine Mannschaft auf den Platz schickt, gibt Papatoni letzte Anweisungen.

»Passt vor allem hinten gut auf«, sagt er abschließend. »Immerhin haben die im letzten Spiel vier Tore geschossen.«

Die Verteidiger nicken.

»Sie haben allerdings auch vier kassiert«, fügt der Trainer vielsagend hinzu.

»Alles klar, Chef«, sagt Sven stellvertretend für die Stürmer.

Die Tornados bilden ihren Kreis und feuern einander an. Matthias geht zur Platzwahl. Seine Mannschaft muss sowohl gegen den böigen Wind als auch gegen die Sonne spielen.

»Mist«, schimpft Eike und zieht seine Schirmmütze tiefer ins Gesicht.

»So was kann dich doch nicht schocken«, sagt Tonio und klatscht seinen Torwart ab.

Mit dem Wind im Rücken werfen die Grünwald-Realschüler alles in die Offensive. Doch Matthias dirigiert seine Abwehr mit viel Übersicht. Den einzigen Schuss aufs Tor kann Eike zur Ecke fausten. Der anschließende Eckstoß ist harmlos. Gegen den Wind zu stürmen ist allerdings mühsam. Die weiten Pässe von Matthias kommen nicht an. Tonio muss sich den Ball immer wieder aus der eigenen Hälfte holen. Sven wird von seinem Gegenspieler gut markiert. Wenn er ihn mal abschütteln kann, ist sofort ein zweiter zur Stelle. Eine Zeit lang sieht es so aus, als würde Sven aufgeben.

»Sven!«, ruft Papatoni. Mit deutlichen Gesten signalisiert er dem Spielmacher, dass er sich gefälligst bewegen soll. Sofort bekommt das Spiel der Tornados mehr Druck.

»Laufen, Sven, beweg dich«, sagt Papatoni auch zur Halbzeit. »Die wissen, wie gefährlich du bist. Die decken dich sogar zu zweit. Je mehr du dich bewegst, desto größer die Löcher in ihrer Abwehr.«

Tonio liegt auf dem Boden und streckt alle viere von sich. Er hat geackert wie ein Pferd.

»Gehts noch?«, fragt Papatoni seinen Sohn.

Tonio nickt. »Ab jetzt hab ich ja Rückenwind.«

Mit diesem Wind im Rücken schnüren die Tornados nach dem Wechsel die Gegner in deren Strafraum ein. Einmal mehr treibt Tonio den Ball nach vorn. Sven kann sich endlich von seinem Manndecker lösen. Tonio spielt ihm den Ball durch die Gasse zu. Sven leitet zu Altin weiter. Körpertäuschung links, Pass nach rechts zu Sebastian. Der hat alle Zeit der Welt, den Ball am Torhüter vorbeizuschieben.

»Wildpark-Tornados!«, rufen die Schlachtenbummler.

Nach diesem Tor brechen bei den Realschülern alle Dämme. Von einer funktionierenden Abwehr kann keine Rede mehr sein. Den Chancen nach müssten die Tornados mit sieben Toren Unterschied gewinnen. Am Ende sind sie jedoch auch mit dem klaren 3:0 höchst zufrieden.

Wie auch immer das zweite Gruppenspiel des Tages endet, die Wildpark-Tornados haben den Einzug ins Viertelfinale geschafft.

Zwergenaufstand

Mehr und mehr werden die Tornados jetzt auch vonseiten der Eltern unterstützt. Zu den Gruppenspielen sind Papatonis Schützlinge noch mit gelben Hemden und schwarzen Hosen angetreten. Zum heutigen Viertelfinale hat Sebastians Papa das Lager seines Sportgeschäftes geplündert. Er hat der Mannschaft Trikots spendiert. Und zwar richtige. Mit Rücken-Nummern. Stolz laufen die Tornados auf den Platz, als der Schiedsrichter das Zeichen zum Spielbeginn gibt.

»Na, du Zwerg«, wird Altin von seinem Gegenüber angesprochen. »Heute kein Kindergarten?«

Altin sieht ihn wütend an. Obwohl auch die heutigen Gegner wieder deutlich größer sind, haben sich die Tornados fest vorgenommen, sich von der 6a der Betzenberg-Gesamtschule nicht einschüchtern zu lassen.

»Lieber klein und schlau als lang und dumm«, sagt Altin.

»Pass auf, gleich gibt es einen Zwergenaufstand«, sagt ein anderer Betzenberger zu Altins Gegenspieler.

»Oder er verpetzt uns beim Rektor«, flachst ein Dritter.

»Halt die Klappe«, sagt Sebastian, der alles mit angehört hat.

»Jetzt bekomme ich aber richtig Angst«, sagt das Großmaul, und die umstehenden Sechstklässler lachen noch mehr.

Zum Glück pfeift der Schiedsrichter endlich an. Altin kocht vor Wut. Er wünscht sich nichts mehr, als es diesen eingebildeten Lackaffen zu beweisen.

Zunächst schieben die Sechstklässler den Ball sicher durch die eigenen Reihen. Die Tornados laufen wie die Weltmeister. Eine Chance, den Ball zu erwischen, haben sie trotzdem nicht. Das Ganze sieht aus wie drei gegen einen im Training.

Endlich kann Kerstin den Ball erobern. Nun kehren die Grundschüler den Spieß um. Jetzt spielen sie mit den Sechsern Hase und Igel. Allerdings gewinnen die Tornados keinen Meter Raum, obwohl sich ihre Gegner als ziemlich lauffaul erweisen.

»Nach vorne!«, ruft Papatoni von außen.

Da versucht es Matthias mit einem hohen, weiten Pass. Der wird allerdings von den langen Abwehrspielern problemlos abgefangen. Wieder rollt der Ball sicher durch die gegnerischen Reihen. Zwei, drei Stationen und sie sind vor Eikes Tor. Den ersten Schuss kann er noch wegfausten, der Abpraller wird ausgerechnet von Altins großmäuligem Gegenspieler verwandelt.

»Bitte nicht weinen, ja?«, ruft der Betzenberger Altin beim Zurücklaufen zu.

Dem schießen tatsächlich die Tränen in die Augen. Es sind Tränen der Wut. Er ärgert sich über sich selbst. Warum ist er nicht rechtzeitig mit seinem

Gegenspieler zurückgelaufen? Das passiert ihm kein zweites Mal. Kurz vor der Halbzeit kassieren die Tornados das 0:2.

»Was ist mit euch los? Wollt ihr etwa kampflos zusehen, wie diese Angeber ins Halbfinale einziehen?«, fragt Papatoni in der Pause.

Betretenes Schweigen.

»Wollt ihr es ihnen so leicht machen?«, bohrt Papatoni weiter.

Stummes Kopfschütteln.

»Also, los jetzt. Das Mindeste, was ich erwarte, ist eine Verlängerung«, sagt Papatoni. Dann geht er noch durch die Mannschaft und verteilt aufmunternde Klapse.

Tatsächlich lässt der Anschlusstreffer nicht lange auf sich warten. Per Fallrückzieher knallt Altin den Ball unhaltbar in die linke obere Torecke. Die arroganten Sechser beschimpfen sich gegenseitig. Einer schiebt dem anderen die Schuld in die Schuhe. Trotzdem bestimmen sie aufgrund ihrer körperlichen Überlegenheit weiterhin das Spiel. Aber die Tornados kämpfen. Aus einer sicheren Abwehr heraus gelingen immer wieder gefährliche Konter. Sebastian setzt einen Ball an die Latte. Tonio knallt einen Weitschuss gegen den Pfosten. Es ist zum Verrücktwerden. Schon sieht der Schiedsrichter auf die Uhr. Die Gesamtschüler halten den Ball in der eigenen Hälfte und lassen die Viertklässler ins Leere laufen.

»Ran!«, brüllt Eike von hinten.

Obwohl auch Kerstin schon mit nach vorne aufgerückt ist, verlässt nun Matthias seinen Posten. Zielstrebig nimmt er Kurs auf den Ball. Der angegriffene Betzenberger spielt weiter, Matthias rennt zum zweiten Gegenspieler. Der schiebt den Ball zum dritten. Die andern Tornados rücken nach. Matthias reißt alle mit. Der Ball läuft auch noch zur vierten Station des Gegners. Die fünfte Station ist der Angeber von vorhin. Er sieht sich plötzlich von vier Tornados umgeben. Er weiß nicht, wohin mit dem Ball. Aus der Not heraus passt er zu seinem Torwart zurück. Matthias geht dazwischen und spitzelt den Ball um den Torwart herum ins Netz.

Der Schiedsrichter pfeift, zeigt auf den Anstoßpunkt und pfeift das Spiel ab. »Zweimal fünf Minuten Verlängerung!«, ruft er.

Die Wildpark-Tornados liegen sich jubelnd in den Armen. Papatoni hält beide Daumen hoch. »Weiter so«, sagt er.

Als Sebastian und Altin nach doppeltem Doppelpass auch noch das 3:2 markieren, ist der Jubel unbeschreiblich.

»Dicht machen!«, ruft Papatoni seinen Schützlingen zu.

In den letzten fünf Minuten bleibt nur noch Sebastian als einzige Sturmspitze an der Mittellinie. Ansonsten wird mit Mann und Maus verteidigt. Die Tornados schmeißen sich überall dazwischen. Andrea wird auf der Torlinie richtiggehend umgeschossen. Der Ball geht ins Aus. Andrea bleibt liegen und japst nach Luft. Der knallharte Schuss hat sie in den Bauch getroffen.

Voller Sorge um seine beste Schülerin sprintet Herr Hoppenstedt mit einer Geschwindigkeit über den Platz, die ihm niemand zugetraut hätte. Aber Andrea steht schon wieder. Trotzdem tauscht Papatoni sie aus. Sicher ist sicher.

Der Schiedsrichter signalisiert, dass er noch eine Minute nachspielen lässt. Noch einmal kommt der Ball hoch in den Strafraum der Tornados. Dann ist er im Gewühle kaum mehr zu sehen. Plötzlich liegt er im Tor.

»Hand!«, ruft Matthias und rennt zum Schiedsrichter. »Das war Hand!«

»Tut mir Leid, ich habe es nicht gesehen«, sagt der Schiedsrichter. Er geht zum beschuldigten Spieler und fragt, ob er die Hand benutzt hat.

Der Spieler schüttelt den Kopf. »Nein – ganz sicher nicht.«

»Der lügt!«, ruft Eike und stürmt auf den Schiedsrichter zu. »Ich habs auch gesehen.«

Doch der Schiedsrichter entscheidet auf Tor und pfeift das Spiel ab. Die Wildpark-Tornados rennen zu Papatoni.

»Das war Hand! Der hat ihn mit der Hand reingemacht! Das ist ein gemeiner Lügner!«, rufen alle durcheinander.

Trainer Papatoni schüttelt den Kopf. »Tut mir Leid. Ich glaube euch ja. Aber bei dem Durcheinander konnte ich auch nicht sehen, ob es Hand war. Mehr als den Spieler befragen kann der Schiedsrichter nicht. So – und jetzt vergesst das Ganze. Die Entscheidung steht fest. Es gibt Elfmeterschießen. Wer traut sich?«

Matthias meldet sich. Sven ebenfalls. Zögernd hebt Sebastian die Hand. Und dann Tonio.

»Wenn ich als Erste darf«, sagt Kerstin.

Die andern sind einverstanden. Sicherheitshalber legt Papatoni auch noch einen sechsten, siebten und achten Schützen fest. Für den Fall, dass das Spiel nach je fünf Elfmetern beider Mannschaften noch immer nicht entschieden ist.

Die Tornados laufen an ihrem Torhüter vorbei und klatschen ab.

Papatoni legt Eike den Arm um die Schultern und begleitet ihn zum Tor. »Elfmeter sind für den Torwart reine Glückssache«, sagt er. »Such dir einfach eine Ecke aus.«

Kerstin eröffnet das Elfmeterschießen. Sie legt sich den Ball zurecht und läuft an. Der gegnerische Torwart fliegt nach links, sie schiebt locker ins rechte Eck.

Eike erwischt den ersten Elfer mit den Fingerspitzen. Der Ball ist allerdings so stramm geschossen, dass er trotzdem im Netz zappelt. Und auch die nächsten vier Elfmeter werden sicher verwandelt. 3:3.

Tonio ist dran.

Er läuft an und knallt den Ball an den Pfosten. Erst im Nachschuss kann Tonio verwandeln. Doch das ist beim Elfmeterschießen nicht erlaubt. Die Tornados sind geschockt. Beim nächsten Elfer bleibt Eike wie angewurzelt auf der Linie kleben. Die Sechser führen mit 3:4 Elfmetern.

Als letzter Schütze seiner Mannschaft kann Matthias noch einmal zum 4:4 ausgleichen. Tonio schluckt. Wenn der fünfte Gegner trifft, ist das Turnier für die Wildpark-Tornados zu Ende. Eike geht zum Tor. Er schaut noch einmal zu Tonio. Bevor er sich zwischen die Pfosten stellt, ballt er die Fäuste und nickt seinem Freund entschlossen zu. Dann konzentriert er sich auf den Schützen. Wohin wird er schießen?

Tonio kann es nicht mit ansehen. Er wendet sich ab und hält sich die Augen zu.

Erst als er den Jubel hört, dreht sich Tonio wieder um. Eike hält den Ball sicher in den Armen. Das Elfmeterschießen muss fortgesetzt werden. Wer jetzt in Rückstand gerät, hat verloren. Eike zieht die Handschuhe aus und läuft nun selbst zum Elfmeterpunkt. Er ist von Papatoni als sechster Schütze bestimmt worden. Eike läuft an, haut drauf – Tor.

Kurzer Jubel. Gespannte Stille. Nun der Gegner. Eike hebt seine Handschuhe auf und zieht sie wieder an. Er lässt sich Zeit. Sein Gegner wartet bereits am Elfmeterpunkt. Scheinbar gelassen kehrt Eike zum Tor zurück und stellt sich zwischen die Pfosten. Er hat sich bereits für eine Ecke entschieden. Aber er wartet bis zum letzten Augenblick. Anlauf. Schuss. Schon in seiner allerersten Bewegung nach links merkt Eike, dass er besser stehen geblieben wäre. Der Ball kommt voll auf die Tormitte. Er hätte ihn einfach fangen können. Im Fallen reißt Eike das rechte Bein hoch und kickt den Ball mit der Fußspitze übers Tor.

Die Tornados haben gewonnen! Unbeschreiblicher Jubel. Alle stürzen sich auf Eike und begraben ihn unter sich. Er ist der Held des Elfmeterschießens.

Das hält der dickste Kopf nicht aus!

Zum Halbfinale dürfen die Tornados ein weiteres Mal zu Hause antreten. Inzwischen gibt es sogar eine richtige Anzeigetafel. Eine dritte Klasse hat sie im Werkunterricht gebastelt. In großen Buchstaben steht darauf geschrieben: TORNADOS – GÄSTE. In zwei Stapeln liegen die Zahlen 1 bis 9 auf Pappkarten bereit, um die Anzahl der Tore anzuzeigen.

Auch heute stehen wieder viele Eltern am Spielfeldrand. Kerstins Papa hat seine Kamera dabei und will ein Mannschaftsfoto von den Tornados machen. In der ersten Reihe knien Sebastian, Sven, Matthias, Tonio, Eike, Kevin, Torsten und Andrea. Ergin, Oliver, Altin, Udo, Kerstin, Tim und Florian stellen sich in die zweite Reihe. Links und rechts stehen Trainer Papatoni und Herr Hoppenstedt.

»So, jetzt sagen alle mal Spaghetti«, sagt Kerstins Papa.

»Halt!«, ruft Matthias. Er springt auf und läuft

zu Kolja, der in der Weitsprunggrube im Sand buddelt. Was wäre ein Mannschaftsfoto ohne Maskottchen? Matthias setzt den Glücksbringer der Tornados vor der ersten Reihe auf den Ball.

»So, jetzt kanns losgehen«, sagt Matthias.

»Also, noch mal Spaghetti für alle bitte!«, ruft Kerstins Vater.

»Mist, jetzt hatte ich die Augen zu«, mault Kerstin, nachdem es geklickt hat.

»Dann machen wir eben noch eines«, antwortet ihr Vater und schießt eine ganze Fotoserie.

»Kommen wir jetzt in die Zeitung?«, fragt Matthias.

»Mal sehen«, antwortet Kerstins Vater. »Je-

denfalls bekommt ihr alle einen Abzug. Versprochen.«

Obwohl es auch diesmal wieder gegen eine sechste Klasse geht, sind die Wildpark-Tornados so zuversichtlich wie noch nie, das heutige Spiel zu gewinnen. Schließlich haben sie es durch eine Mischung aus Einsatz, Trainingsfleiß und Glück als Außenseiter geschafft, bis ins Halbfinale vorzudringen. Warum sollen sie nicht auch noch den Schritt ins Finale schaffen?

Die Sechstklässler der Grünwald-Realschule sind allerdings gewarnt. Immerhin haben die Tornados bereits die Fünfer ihrer Schule aus dem Turnier geworfen. Deshalb haben sich die Grünwälder bei der fünften Realschulklasse nach den Schwächen und Stärken der Tornados erkundigt. Sie haben sich auch ein Rezept gegen die Viertklässler ausgedacht. Sie wollen ihre körperliche Überlegenheit mit hohen Bällen in den Strafraum ausnutzen. Außerdem zeigen sich die Gäste wesentlich lauffreudiger als alle vorherigen Gegner. Sie kombinieren flüssig und spielen sich wunderschön frei. Zur Halbzeit steht es 1:1 und die Tornados sind bereits ganz schön ausgepumpt. Nach dem Wechsel können die Gäste den Druck sogar noch erhöhen. Das 1:2 fällt beinahe zwangsläufig. Doch von Aufgeben kann bei den Tornados keine Rede sein. Schon zwei Minuten nach dem Rückstand fällt der Ausgleich. Wieder springt der Funke aufs Publikum über.

»Wildpark-Tor–na–dos!«, brüllen alle wie aus einem Mund.

Doch das Spiel bestimmen weiterhin die Grünwälder. Vor allem mit hohen Flanken versuchen sie die Grundschüler zu überwinden. Eike hat alle Fäuste voll zu tun. Sämtliche Tornados sind im eigenen Strafraum versammelt. Nicht einmal Sebastian oder Altin warten noch an der Mittellinie auf Konter. Und wieder ein hoher Ball. Tonio steigt mit seinem Gegenspieler hoch und köpft zur Ecke. Dann ein Schrei.

Tonio sinkt mit den Händen vor dem Gesicht auf dem Boden zusammen. Trainer Papatoni rennt zu seinem Sohn. Auch Herr Hoppenstedt ist wieder schnell zur Stelle.

Tonios Gesicht ist blutüberströmt. Er ist in der Luft mit seinem Gegenspieler zusammengeprallt.

»Eine Platzwunde über dem Auge«, sagt Papatoni. »Hier, drück das Taschentuch drauf. Ich bringe dich ins Krankenhaus.«

»Ich will nicht ins Krankenhaus«, sagt Tonio. »Ich kann doch jetzt nicht gehen.«

Tonios Gegenspieler kniet neben ihm nieder. »Tut mir echt Leid, Mann«, sagt er.

Tonio zuckt mit den Schultern. »War ja keine Absicht.«

»Ganz bestimmt nicht – wirklich. Ich hoffe, dass es nichts Schlimmes ist.«

Sosehr sich Tonio gegen das Krankenhaus wehrt, sein Papa gibt nicht nach.

»Dann bleib doch wenigstens du hier«, sagt Tonio. »Dich brauchen sie noch viel mehr.«

Aber Trainer Papatoni würde auch jeden anderen Tornado persönlich ins Krankenhaus begleiten. Wieso sollte er ausgerechnet bei seinem Sohn eine Ausnahme machen?

»Wenn wir jetzt verlieren, bist du schuld«, sagt Tonio im Auto.

»Der Trainer ist immer schuld«, antwortet Tonios Papa.

In der Notaufnahme des Krankenhauses wird Tonio untersucht.

»Warst du bewusstlos?«, fragt die Ärztin.

»Nein, bestimmt nicht«, antwortet Tonio.

Zur Sicherheit möchte die Ärztin eine Röntgenaufnahme machen. Außerdem soll Tonio eine Nacht zur Beobachtung im Krankenhaus bleiben.

»Keine Angst, das machen wir immer so«, sagt die Ärztin.

»Aber wieso denn? Es ist doch gar nichts. Tut nicht mal weh«, sagt Tonio, der keine Lust auf Krankenhaus hat.

»Bei Verdacht auf eine Gehirnerschütterung ist eine Nacht im Krankenhaus ganz normal«, sagt die Ärztin.

Widerwillig muss sich Tonio seinem Schicksal fügen.

Nachdem die Wunde mit zwei Stichen genäht ist, geht Tonios Papa zum Telefon. Er will seine Frau anrufen, damit sie Schlafanzug und Zahnbürste ins Krankenhaus bringt. Kaum ist Papa draußen, hört Tonio im Flur das Geklapper von Fußballschuhen.

»Was wollt ihr mit euren Dreckstiefeln im Krankenhaus?«, ist gleich darauf eine laute Frauenstimme zu hören.

»Das ist bestimmt meine Mannschaft«, sagt Tonio zur Ärztin. »Dürfen die reinkommen? – Bitte. Ich muss doch wenigstens wissen, wie das Spiel ausgegangen ist.«

Die Ärztin lächelt verständnisvoll und geht zur Tür. »Augenblick«, sagt sie nach draußen. »Wenn ihr bitte noch einen Moment hier wartet – Tonio ist gleich so weit.«

Sie klebt ein Pflaster über die Wunde und wickelt drei, vier Meter Verband um Tonios Kopf.

»Nicht verraten«, sagt sie. »Ich habe mit dem

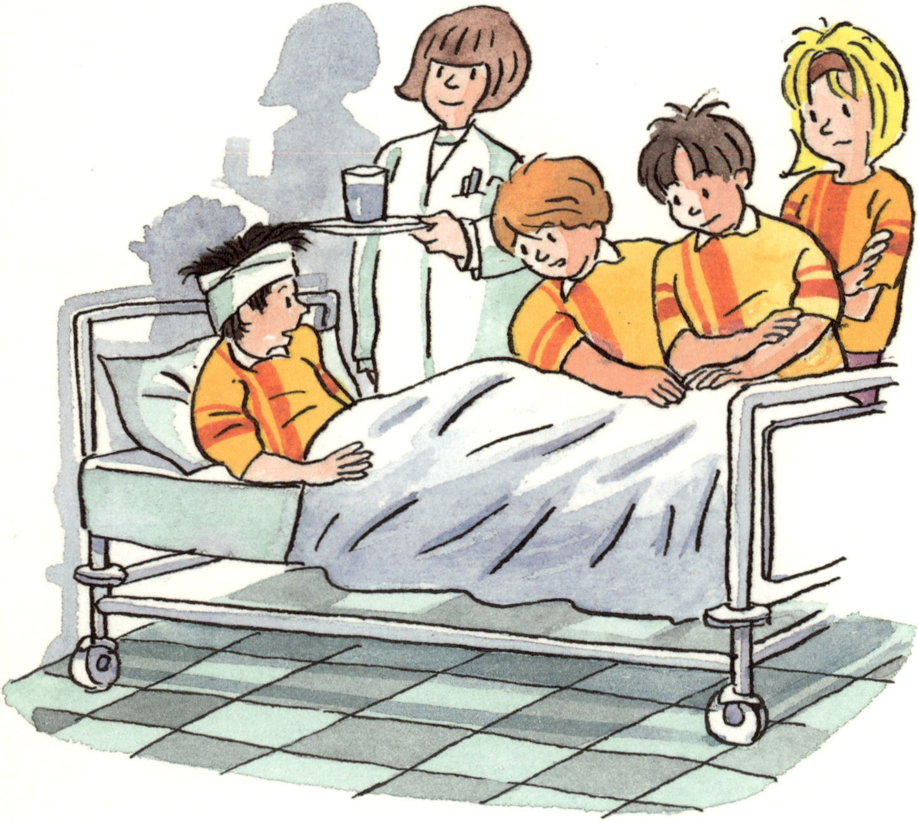

Verband ein bisschen übertrieben. Damit deine Freunde was zum Staunen haben.«

Weil Tonio nicht aufstehen soll, schiebt sie ihn auf der Liege in den Flur.

»Da habt ihr euren Verletzten«, sagt sie zu Kerstin, Matthias und Eike, die ungeduldig vor der Tür warten. »Ihr bekommt fünf Minuten. Dann muss ich euch nach Hause schicken.«

»Tut es sehr weh?«, fragt Matthias.

»Hübscher Turban«, meint Kerstin.

»Wie ist es ausgegangen?«, will Tonio wissen.

»Tut uns Leid, wir haben in der Verlängerung 2:4 verloren«, antwortet Eike.

»Mist«, sagt Tonio. »Ich hab Papa gesagt, dass er bei euch bleiben soll.«

Matthias schüttelt den Kopf. »Daran lag es nicht. Die waren einfach besser.«

»Und dein Kopf?«, fragt Eike.

Tonio verdreht die Augen. »Ich soll heute Nacht hier bleiben. Dabei hab ich überhaupt nichts. Nur zwei Stiche überm Auge.«

»Sieht jedenfalls gefährlich aus«, sagt Kerstin.

Der Mann vom Bundesligaclub

Am folgenden Tag darf Tonio das Krankenhaus bereits zur Mittagszeit verlassen. Papa holt ihn mit dem Auto ab. Er ist ziemlich wortkarg und verbreitet nicht gerade die beste Laune.

»Bist du noch traurig, weil wir gestern verloren haben?«, fragt Tonio.

»Ach wo, nein. Natürlich finde ich es schade. Aber immerhin spielen wir nächste Woche um den dritten Platz. Das ist doch ein toller Erfolg für die jüngste Mannschaft im Turnier.«

»Und warum bist du dann so brummig?«, fragt Tonio.

»Ach – ich habe heute eine Absage bekommen«, sagt Papa. »Die Stelle im Jugendzentrum – du weißt schon.«

»Mist«, sagt Tonio.

Papa nickt.

Schweigend fahren sie nach Hause. Nachmittags kommt ein Großteil der Mannschaft zu Besuch. Haarklein bekommt Tonio die gestrige Verlängerung beschrieben. Die Wildpark-Tornados hätten noch bedeutend höher verlieren können. Der Sieg der Grünwalder war klar verdient.

»Na gut«, sagt Tonio entschlossen. »Dann werden wir eben Dritter.«

Die Tornados halten sich nicht lange mit Trauern auf. Im Gegenteil. Sie sind bester Laune. Sogar Tonios Papa lässt sich von der ausgelassenen Stimmung anstecken und lacht mit ihnen.

Am Dienstag vor den Finalspielen geht Tonio noch einmal ins Krankenhaus. Und zwar freiwillig und ganz allein. Weil Papa ihn wegen der Verletzung nicht in die Mannschaft nehmen möchte, will sich Tonio die Erlaubnis von der Ärztin höchstpersönlich holen. Die Ärztin schaut sich die Wunde an. Sie meint zwar, dass er nicht unbedingt so viel köpfen sollte. Aber ihretwegen kann er ruhig mitspielen.

Am Mittwoch studiert Tonios Papa während des Frühstücks die Stellenangebote in der Tageszeitung.

»Mist, wieder nichts drin«, sagt er und faltet die Zeitung zusammen.

»Halt mal«, sagt Tonio. »Was ist das denn?«

»Was?«, fragt Papa.

»Mensch, Papa – wir sind in der Zeitung«, sagt Tonio.

Papa dreht die Zeitung um. Tatsächlich. Das Mannschaftsfoto, das Kerstins Vater geschossen hat, ist im Lokalteil abgedruckt. Es gehört zu einem Bericht über den Verlauf des Stadtturniers. Im Mittelpunkt des Artikels stehen die Wildpark-Tornados. Als jüngste Mannschaft des Turniers werden sie in höchsten Tönen gelobt.

»Nun hör dir das an«, sagt Tonios Papa und liest vor: »Der Vater eines Schülers, ein arbeitsloser Diplompädagoge mit Trainerlizenz, hat die Kinder zu einer ausgezeichneten Mannschaft geformt. Mit großem Spaß und noch größerem Einsatz sind die Kinder von Sieg zu Sieg geeilt. Erst im Halbfinale konnten sie gestoppt werden. Aber bestimmt ist auch beim heutigen Spiel um den dritten Platz wieder mit den Wildpark-Tornados zu rechnen.«

Kopfschüttelnd faltet Tonios Papa die Zeitung zusammen. »Das ist ja schon beinahe peinlich«, sagt er.

»Quatsch, Papa«, sagt Tonio, »ich finde das toll.«

Am Nachmittag wird Trainer Papatoni und seiner Mannschaft noch mehr Aufmerksamkeit geschenkt. Vor dem Anpfiff des Spiels um den dritten Platz werden vom Bürgermeister und einer Stadträtin Reden gehalten. Beide gratulieren den Tornados zu ihrem Vorstoß bis ins kleine Finale.

Nach den langweiligen Reden kann das Spiel endlich beginnen. Die Klasse 4a der Wildpark-Grundschule tritt gegen die 5b des Brecht-Gymnasiums an. Die Gymnasiasten sind zwar nicht ganz so groß wie die letzten Gegner der Tornados, doch spielerisch ebenfalls sehr gut.

Trotzdem gelingt es den Tornados, aus einer dichten Abwehr heraus immer wieder nach vorne zu kommen. Tonio schleppt wie gewohnt die Bälle, Sven verteilt sie mit großer Übersicht. Altin und Sebastian verstehen sich mit ihren Doppelpässen inzwischen fast blind. Nach einer Viertelstunde bestimmen die Tornados das Spiel. In den letzten fünf Minuten vor der Pause wird das gegnerische Tor belagert. Und wieder gelingt den Stürmern ein wunderschönes Gemeinschaftstor. Tonio passt zu Sven an die Strafraumgrenze, der lässt abtropfen, Florian nimmt auf, passt zu Altin auf den Elfmeterpunkt, halb rechts kommt Sebastian, Querpass, Tor.

Mit dem Ausgleich in der zweiten Hälfte sorgen die Fünftklässler wieder für Spannung. Das Spiel wogt hin und her. In den letzten Minuten sind beide Mannschaften darauf aus, das Ergebnis zu halten. Es sieht ganz so aus, als müssten die Wildpark-Tornados noch einmal in die Verlängerung.

Kevin erkämpft sich im Mittelfeld den Ball.

Er schaut sich um. Niemand steht frei. Er läuft mit dem Ball in die gegnerische Hälfte. Keiner greift ihn an. Was soll er machen? Er läuft weiter und nähert sich dem gegnerischen Strafraum. So weit hat er sich noch nie nach vorn gewagt. Jetzt sieht er auf dem linken Flügel Andrea laufen. Sie ist vollkommen frei. Kevin haut drauf. Andrea steigt hoch und köpft den Ball zum 2:1 ins Tor. Sie schaut dem Ball hinterher. Dann schüttelt sie ganz langsam den Kopf und lässt sich umfallen. Die ganze Mannschaft rennt zu ihr.

»Bist du verletzt? Tut dir was weh?«, fragen sie Andrea.

»Nein«, antwortet sie. »Ich freu mich bloß.«

Da es beim 1:2 für die Wildpark-Tornados bleibt, werden Kevin und Andrea unter unbeschreiblichem Jubel gefeiert.

Das Spiel um den ersten Platz hat längst begonnen, da drehen die Tornados gemeinsam mit ihrem Trainer immer noch Ehrenrunden um den Sportplatz.

»Entschuldigen Sie«, spricht ein Mann Papatoni an. »Sind Sie der Diplompädagoge mit Trainerschein?«

»Ähm, ja – worum geht es?«

Unter den Wildpark-Tornados wird es ruhiger.

»Nun – ich komme vom Sportclub«, erwidert der Mann.

»In echt? Wirklich vom SC?«, fragt Tonio. Immerhin spielt der Sportclub in der Zweiten Bundesliga.

»Ja, richtig, vom SC. Wir sind auf der Suche nach einem Trainer für die Jugendarbeit. Und ich habe diesen Artikel in der Zeitung gelesen. Wenn Sie wollen, können Sie mal vorbeikommen. Wir können vorläufig zwar nur eine halbe Stelle bieten. Aber bis zur nächsten Saison möchten wir den Job ausbauen.«

»Wollen Sie damit sagen, dass mich der SC als Trainer einstellen möchte?«, fragt Papatoni.

»Sicher, warum auch nicht. Wenn wir uns einig werden«, sagt der Mann.

Trainer Papatoni sieht sich verwirrt um. Er kratzt sich am Hinterkopf.

»Bitte Papa, mach doch«, sagt Tonio. »Das ist doch viel besser als Jugendzentrum.«

»Darf ich mal was fragen?«, wendet sich Matthias an den Mann vom SC.

»Aber natürlich.«

»Dürfen von uns auch welche mitmachen?«

»Klar, ein paar von euch Jungs sind echt gut drauf.«

»Und was ist mit mir?«, fragt Kerstin empört.

»Entschuldige«, sagt der Mann. »Selbstverständlich sind auch Mädchen beim SC herzlich willkommen.« Der Mann gibt Tonios Papa seine Visitenkarte. »Überlegen Sie nicht lange. Kommen Sie einfach in unsere Geschäftsstelle.«

»Ich melde mich auf alle Fälle«, sagt Trainer Papatoni.

»Du machst es, oder?«, fragt Tonio, als der Mann gegangen ist.

Trainer Papatoni zuckt mit den Schultern. »Warum eigentlich nicht?«

Die Kinder jubeln.

»Allerdings nur unter einer Bedingung«, sagt Trainer Papatoni.

Die Wildpark-Tornados sehen ihn erwartungsvoll an.

»Ihr kommt alle zum Probetraining.«

Und diese Bitte muss Papatoni garantiert kein zweites Mal aussprechen.

Der Tornado wirbelt weiter!

Alt gegen neu

Tonio spitzelt seinem Gegenspieler den Ball vom Fuß. Aus dem eigenen Strafraum heraus gibt er sofort weiter zu Sven. Ein Spieler mit rotem Leibchen stellt sich ihm entgegen. Sven lässt ihn aussteigen und treibt den Ball vor sich her. Er sieht Altin in die Lücke starten. Hohe Flanke. Vollkommen frei stoppt Altin den Ball mit der Brust.

»Mach ihn rein, Altin!«, brüllt Matthias von hinten.

»Schieß!«, ruft Sven.

Altin lässt sich Zeit. Er lockt den Torwart aus dem Kasten, täuscht links an und schiebt den Ball seelenruhig in die rechte Ecke. Jubelnd feiert er sein viertes Tor. Es steht 7:1 für die Mannschaft in den gelben Leibchen. Herr Lentini, der neue Trainer, kaut nachdenklich an seinem Schnauzbart. Er klappt sein Notizbuch zu, pfeift ab und winkt die Spieler zu sich.

Die Gewinner des ersten Trainingsspiels nach

der Sommerpause kennt der Trainer so gut wie kein anderer. Diese Mannschaft besteht komplett aus Spielern der ehemaligen Klasse 4a aus der Wildpark-Grundschule. Als jüngste Teilnehmer des Stadtturniers haben sie im vergangenen Mai den dritten Platz belegt. Über die Wildpark-Tornados, wie ihre Fans sie nannten, und ihren Trainer Lentini hat damals sogar ein Bericht in der Zeitung gestanden. Wegen dieses Berichts ist der Sportclub, ein Verein der Zweiten Bundesliga, auf Herrn Lentini aufmerksam geworden und hat ihm eine Stelle als Jugendtrainer angeboten.

Über die Jungen in den roten Leibchen weiß Herr Lentini nur, dass einige von ihnen schon mehrere Jahre beim Sportclub sind. Natürlich ärgern sich die alten SC-Spieler, dass sie so gnadenlos untergegangen sind. Ausgerechnet gegen ein paar Neue, die scheinbar alle wegen Herrn Lentini zum Verein gekommen sind.

»Hätte nicht gedacht, dass beim SC solche Gurken spielen«, feixt Sven, der zu den Neulingen gehört.

Sofort ist einer der alten SC-Spieler bei ihm. »Halt bloß die Klappe, du Großmaul!«, ruft er und stößt Sven zu Boden.

Sven rappelt sich hoch und packt den Angreifer am Kragen. Matthias, der Kapitän der Tornados, geht dazwischen und zerrt Sven weg. Mit je einer Hand am Arm eines Widersachers steht er zwischen den beiden. »Sag mal, spinnst du, oder was?«, fährt er den Spieler an, der Sven gestoßen hat.

Schon drängt sich der Nächste dazwischen. »Spiel dich nicht so auf, Mann!«, schnauzt dieser Matthias an.

»Ich will die zwei doch nur auseinander haben«, verteidigt sich Matthias.

Trainer Lentini rennt zu den Streithähnen. »Ihr habt sie wohl nicht mehr alle?« Er wendet sich an Sven. »Und du reiß deinen Mund nicht immer so weit auf.«

»Aber wenn er doch –«

»Kein Aber, Sven«, fällt der Trainer ihm ins Wort. »Schluss für heute. Das nächste Training ist am Montag, selbe Zeit.«

Wie zwei verfeindete Banden verlassen die Jungen den Platz. Die eine Gruppe besteht aus den Vizemeistern der letzten Saison. Die andere wird von Sven, Matthias, Altin, Sebastian, Kevin und Oliver, den ehemaligen Tornados, gebildet. Tonio und Eike, die ebenfalls zu den Tornados gehören, bleiben noch. Eike ist Torwart. Zusammen mit Tonio will er noch Elfmeter trainieren.

Herr Lentini gibt ihnen einen Ball und verstaut die anderen im Netz. »Das fängt ja gut an«, sagt er sauer.

»Wieso denn, Papa?«, fragt Tonio. »Wir haben doch haushoch gewonnen.«

»Wer wir?«, fragt der Trainer seinen Sohn.

»Na, wir, die Tornados«, sagt Tonio.

Mit einem energischen Ruck schnürt Herr Lentini das Netz zu. »Genau da liegt der Hund begraben. Wir sind jetzt nicht mehr die Tornados. Wir sind die D-Jugend des SC.«

»Ja, klar – na und?«, fragt Tonio.

»Dein Papa meint, dass wir gegen uns selber gewonnen haben«, sagt Eike.

Herr Lentini nickt. »Man kann es auch anders formulieren: Wir haben gegen uns selber verloren.« Er schaut auf die Uhr. »Ich muss los. Ich habe noch eine Besprechung mit den Vereinshäuptlingen. Sag Mama, dass ihr mit dem Abendessen nicht auf mich zu warten braucht.«

»Geht klar, Papa«, sagt Tonio. »Bis später.«

»Tschüs.« Mit dem Ballnetz über der Schulter eilt Herr Lentini davon.

Tonio hat noch keinen Schuss auf Eikes Tor abgegeben, als Kerstin zum Trainingsplatz kommt. Im letzten Frühling hat sie für die Tornados so manches Tor verhindert und die Abwehr zusammengehalten.

»Wo kommst du denn jetzt her?«, fragt Eike. »Du wolltest doch mit uns trainieren.«

Kerstin winkt ab. Sie wirft ihre Fußballschuhe ins Gras.

»Jungen und Mädchen spielen getrennt«, sagt sie.

»Echt?«, fragt Eike.

»Ja, ab der D-Jugend. War eben mit meinem Papa im Sekretariat.«

Eike setzt sich hin und zupft am Rasen. »Wo sind wir denn hier gelandet? Die einen können nichts und die Guten dürfen nicht.«

»Der Verein kann nichts dafür«, sagt Kerstin. »Die Sekretärin hat gesagt, dass Jungen und Mädchen nur bis zur E-Jugend zusammen spielen.«

»Und – gehst du zur Mädchenmannschaft?«, fragt Tonio.

Kerstin hebt kurz die Schultern. »Weiß nicht. Vielleicht fange ich mit Hockey an. Wie Andrea. Und wie wars bei euch?«

»Wir haben 7 : 1 gewonnen«, antwortet Tonio. »Die alten SC-Spieler sind scheinbar ziemliche Kartoffelkicker.«

»Ich denke, die sind Vizemeister«, sagt Kerstin.

»Die Besten spielen ab dieser Saison alle in der C-Jugend. Die andern waren nach dem Spiel stinksauer auf uns. Einer ist sogar auf Sven losgegangen«, erzählt Eike.

»Einfach so?«, fragt Kerstin.

»Sven hat seine Klappe mal wieder nicht halten können«, sagt Tonio.

»Typisch«, sagt Kerstin. »Und weiter?«

»Matthias ist dazwischengegangen und dann hat sich auch noch Stefan eingemischt«, antwortet Eike.

»Der Stefan aus unserer Parallelklasse?«

»Genau der«, sagt Tonio. »Papa fand das Theater gar nicht gut. Streit in der Mannschaft kann er nicht leiden.«

»Armer Papatoni«, sagt Kerstin.

Tonios Papa Papatoni zu nennen ist Kerstins Idee gewesen. Sie findet, dass er als Trainer mindestens so gut ist wie der berühmte Italiener Trapattoni. Trapattoni – Papatoni – Tonios Papa.

»Ich hab keine Ahnung, wie wir mit denen in drei Wochen unser erstes Spiel machen sollen«, sagt Eike.

»Ach, Papatoni kriegt das schon hin«, sagt Kerstin. »Ich geh noch ins Dolomiti. Kommt ihr mit Eis essen?«

Unter diesen Umständen muss das Torwarttraining natürlich ausfallen.

Am nächsten Morgen treffen sich Tonio, Eike und Kerstin auf dem Schulhof. Seit ein paar Tagen gehen die drei aufs Gymnasium. Kerstin ist die einzige Mitschülerin aus der ehemaligen 4a, die Tonio und Eike erhalten geblieben ist. Die anderen sind nämlich auf die Schulen der ganzen Stadt verteilt. So ist Tonio froh, dass er wenigstens noch mit seinen besten Freunden zusammen ist.

»Da kommt ja Stefan«, raunt Eike.

»Und der neben ihm hat Sven umgestoßen«, flüstert Tonio Kerstin zu.

»Das ist Benny. Den kenne ich vom Sommerzeltlager«, sagt Kerstin. »Der ist eigentlich ganz nett.«

Tonio schaut Kerstin zweifelnd an. »Der und nett?«

Die beiden müssen direkt an ihnen vorbei. Kerstin winkt Benny lächelnd zu. Benny lächelt zurück. Stefan nickt nur mit dem Kopf. Tonio und Eike tun so, als hätten sie die beiden nicht gesehen.

»Seid ihr sicher, dass ihr mit denen kicken wollt?«, fragt Kerstin, als Stefan und Benny um die Ecke sind. Es klingelt zur ersten Stunde. Der tiefe Riss durch die Mannschaft der D-Jugend geht im Alltag der Schule unter. Beim nächsten Training tritt er dafür umso deutlicher zutage.

Neu ohne alt

Zum wiederholten Mal sieht Papatoni auf seine Uhr. »Weiß jemand, wo die andern bleiben?«, fragt er. Kein einziger der alten SC-Spieler ist gekommen. Nur die acht Tornados haben sich rechtzeitig auf dem Trainingsplatz eingefunden. Niemand weiß, wo die andern stecken. Papatoni ist ratlos. Er kann sich keinen Reim darauf machen, warum die halbe Mannschaft fehlt.

»Fangen wir eben ohne sie an«, sagt er. Der Trainer fordert die Jungen auf, sich jeweils einen Ball zu nehmen und im abgesteckten Feld kreuz und quer zu dribbeln. Papatoni ist nur halbherzig bei der Sache. Haben die alten Spieler etwa die Lust verloren, bevor es überhaupt richtig losgeht? Die Saison beginnt in drei Wochen und Papatoni muss sich schon jetzt ernsthafte Sorgen um die Mannschaft machen.

Erst als er sich selbst zwischen die Pfosten stellt und die Tornados vier gegen vier auf sein Tor spielen dürfen, kommt ein Hauch von guter

Laune auf. Egal, welche der beiden Gruppen trifft, sobald der Trainer ein Tor kassiert, herrscht Jubel. Schließlich rückt Papatoni nach einer gelungenen Abwehr den Ball nicht mehr heraus. »Jetzt bloß kein falsches Wort«, sagt er zu den Jungen und geht den alten Stammspielern entgegen. Sie sind soeben auf dem Trainingsgelände eingetroffen.

»Freut mich, dass ihr doch noch kommt«, sagt Papatoni.

Die Tornados sehen einander verwundert an. Die sind eine geschlagene Stunde zu spät und Papatoni lobt sie, dass sie überhaupt noch antanzen. Wo er doch sonst immer auf Pünktlichkeit achtet.

»Eigentlich wollten wir früher hier sein«, sagt Stefan.

»Aber?«, fragt Papatoni.

»Wir sind uns nicht einig geworden«, sagt Benny.

»Und jetzt seid ihr euch einig?«, fragt Papatoni.

Einige nicken, andere schütteln den Kopf.

Papatoni steht zwischen den verfeindeten Lagern. Hier die SC-Spieler, dort die Tornados.

Stefan, der SC-Kapitän der vergangenen Saison, zögert. »Wir fanden das letzte Training nicht so gut.«

»Frag mich mal«, höhnt Sven.

»Sven, lass ihn ausreden«, sagt Matthias.

»Was fandet ihr denn nicht so gut?«, fragt Papatoni.

»Nichts gegen Sie, Herr Lentini«, sagt Stefan. »Aber – ich weiß nicht –«

»Raus damit. Ich kann Kritik vertragen«, ermutigt Papatoni Stefan.

Stefan schaut sich hilflos um. Da tritt Benny einen Schritt vor. »Wir finden es einfach blöd, dass Sie gleich eine halbe Mannschaft mitbringen, von der wir keinen Einzigen kennen. Von uns wissen Sie nicht mal, wie wir heißen, und die da werden andauernd bevorzugt. Jedenfalls – wir haben abgestimmt. Entweder die gehen – oder wir.«

»Ihr tickt wohl nicht mehr richtig? – Spinnt der? – Der hat sie wohl nicht mehr alle!«, rufen die Tornados durcheinander.

»Ruhe!«, übertönt Papatoni das Geschrei. »Seid doch froh, dass sie sagen, was ihnen nicht passt.«

Er legt eine Pause ein. »Mit eurem Entweder-oder bin ich allerdings auch nicht einverstanden. Okay – wir haben Streit in der Mannschaft, bevor es überhaupt richtig losgeht. Nun müssen wir zusehen, wie wir die Karre wieder aus dem Dreck ziehen.«

Sven schüttelt verständnislos den Kopf. Er holt Luft, um was zu sagen.

»Sven – bitte«, fleht Kevin.

»Sven – bitte«, macht der ihn nach. »Dich haben sie ja nicht umgenietet.«

»Übertreib doch nicht so«, sagt Kevin. »Ist doch klar, dass sie sauer sind.«

Matthias nickt. »Finde ich auch. Die sind letzte Saison Zweiter geworden. Dann kommen wir daher und fegen sie vom Platz.«

Obwohl Matthias es gut gemeint hat, herrscht nun Aufruhr im anderen Lager. Papatoni hat Mühe, sich Gehör zu verschaffen. »Legt doch nicht jedes Wort auf die Goldwaage! Wenn hier einer einen Fehler begangen hat, bin ich es!«

Plötzlich herrscht Ruhe. Ein Trainer, der einen Fehler zugibt? Das interessiert alle.

»Ich hätte niemals die Neuen gegen die Alten spielen lassen dürfen. Außerdem kam die klare Niederlage nur deshalb zustande, weil ihr keinen richtigen Torwart hattet.«

Nils, der angesprochene Spieler, verteidigt sich sofort. »Ich wollte nicht ins Tor. Unser alter Torwart war Spitze. Aber der spielt jetzt C-Jugend.«

»Das ist kein Vorwurf gegen dich«, wendet sich Papatoni an Nils. »Ich weiß, dass du lieber im Feld spielst. Und was den Weggang eures Torhüters anbelangt, mit Eike habt ihr einen tollen neuen.«

»Wenn ihr wollt«, sagt Eike leise.

»Was hat der gesagt?«, fragt einer der alten SC-Spieler.

»Wenn ihr wollt!«, wiederholt Eike lauter.

»Richtig.« Papatoni wendet sich jetzt an alle: »Wenn ihr wollt. Also, was ist?«

Die Jungen sehen sich um. Die einen atmen tief durch und lassen Luft ab. Die andern zucken mehr zustimmend als ablehnend mit den Schultern. Keiner sagt was.

Papatoni blättert in seinem Notizbuch. »Wer hat morgen um 16 Uhr Zeit?«

Alle heben die Hand.

»Sehr gut. Dann legen wir ein Sondertraining ein«, sagt Papatoni. »Wenn wir diese Saison mithalten wollen, müssen wir endlich anfangen.«

»Herr Lentini!«, ruft jemand von der andern Seite des Sportplatzes. »Kommen Sie jetzt zu uns?«

»Ich muss rüber, Jungs. Die B-Jugend wartet. Bis morgen.«

Jetzt gehts los

Der Platz, den Papatoni am folgenden Nachmittag fürs Training vorgesehen hatte, ist gesperrt. Der Platzwart versucht einen Maulwurf zu fangen, der dort seit einigen Wochen sein Unwesen treibt. Die übrigen Rasenplätze sind von anderen Mannschaften belegt. Die D-Jugend muss auf den staubigen Hartplatz ausweichen. Die Luft flimmert unter der heißen Nachmittagssonne.

»Glaubt bloß nicht, dass ich mich hier nach einem Ball werfe«, sagt Eike. Der Torwart hat nicht einmal eine lange Hose mit.

»Wo sind eigentlich die Bälle?«, meint Nils.

Papatoni hat nur seine Sporttasche dabei. Vom großen Netz mit den Bällen keine Spur.

»Bälle? Was wollt ihr mit Bällen? Heute ist Konditionstraining angesagt.«

Proteste von allen Seiten. »Was? – Keinen Schritt mach ich bei der Hitze! – Muss das sein?«

»Hat dein Papa ’nen Sonnenstich?«, raunt Eike Tonio zu.

Der Trainer hebt die Hände. »Also gut, überredet. Ihr sollt Bälle haben.« Er greift in seine Sporttasche und holt eine Hand voll Tennisbälle heraus. »Jeweils zwei Spieler bekommen einen. Doppelpässe kreuz und quer übers Feld. Sucht euch einen Partner.«

Nachdem sich die erste Verwunderung über die kleinen gelben Filzkugeln gelegt hat, bilden sich die üblichen Freundespaare.

»Haaalt!«, ruft Papatoni. »Heute wird gemischt. Immer einer aus der letztjährigen Mannschaft und ein Neuer. Damit ihr euch endlich kennen lernt.«

Alle zögern. Keiner weiß, mit wem er sich zusammentun soll.

Endlich macht Matthias den Anfang. »Wir beide?«, fragt er Benny. Benny nickt.

Stefan wendet sich an Sven. Der verdreht zwar stöhnend die Augen, will sich aber nicht vorwerfen lassen, den Anweisungen des Trainers nicht Folge zu leisten. Nils und Eike, Tonio und Ole und so weiter. Das erste Eis scheint gebrochen.

Doppelpass mit Tennisbällen – ständig springen sie davon. Mal landet einer im Gebüsch, dann fliegt einer über den Zaun.

»He, das ist unserer!«, beschwert sich Tonio. Sven hat sich den nächstbesten Ball geschnappt, nachdem sein eigener weggesprungen ist.

Grinsend kickt Sven den Ball zurück. »Ist ja schon gut.« Er klettert über den Zaun, um seinen eigenen zu suchen.

»Mann, Herr, äh, Papatoni, was soll das eigentlich?«, fragt Stefan, als er am Trainer vorbei einem verunglückten Pass nachjagt.

»Wenn ihr mit den Tennisbällen klarkommt, beherrscht ihr die großen Bälle blind«, antwortet Papatoni.

»Üben wir nächstes Mal mit Tischtennisbällen?«, fragt Eike.

»Keine schlechte Idee«, sagt der Trainer.

»Wie wärs mit Erbsen?«, fragt Nils.

»Dann will ich im Tor aber eine Schutzbrille«, fordert Eike.

Zum ersten Mal lachen die D-Jugend-Spieler des SC gemeinsam. Papatoni nimmt es schweigend zur Kenntnis. Vielleicht wird ja doch noch eine Mannschaft aus ihnen.

In den verbleibenden Wochen vor dem ersten Spiel tut Papatoni sein Bestes, um die beiden Gruppen zu versöhnen. Darüber hinaus steckt er voller Überraschungen.

Beim letzten Training lässt er die Jungen in einer Reihe antreten.

»Jetzt machen alle Stürmer einen Schritt nach vorne«, fordert er dann.

Altin, Sven, Oliver, Sebastian und Selim treten vor.

»Die offensiven Mittelfeldspieler bitte auch«, sagt Papatoni.

Tonio, Jens und Ole lösen sich ebenfalls aus der Reihe.

»Gut«, sagt der Trainer. »Wir spielen jetzt nur in einer Spielhälfte. Ich stelle mich ins Tor. Alle, die einen Schritt vorgetreten sind, bilden die Verteidigung. Die anderen, einschließlich Eike, beginnen an der Mittellinie ihre Angriffe aufzubauen. Sobald ein Angriff abgefangen ist, geht es wieder von vorne los. Alles klar?«

»Ja, schon«, sagt Stefan. »Aber Sie haben Angreifer und Verteidiger verwechselt.«

Papatoni schüttelt den Kopf. »Freut mich, dass du mitdenkst, Stefan. Aber der Tausch ist volle Absicht. Also, los gehts.«

Papatoni dirigiert vom Tor aus sowohl die Angreifer als auch die Verteidiger. Anfangs herrscht ziemliches Durcheinander. Erst nach drei, vier Angriffen freunden sich die Spieler mit den ungewohnten Rollen an. Kevin, der sonst Manndecker ist, versucht sich als Mittelstürmer. Sven, der normalerweise für den Aufbau des Spieles zuständig ist, rackert sich in der Abwehr ab.

»Na, wie war das?«, fragt Papatoni am Ende.

Ole lässt sich erschöpft zu Boden sinken. »Den da zu bewachen ist schlimmer als einen Sack Flöhe hüten.« Er zeigt auf Kevin.

»Kannst du dir das erklären, Kevin?«, fragt Papatoni.

Kevin wird rot als er merkt, dass alle auf ihn sehen. »Weiß nicht«, sagt er, »ich hab nur das gemacht, was mich bei einem Stürmer am meisten nervt. Je mehr einer läuft, desto mehr muss ich ackern.«

»Stürmer ist jedenfalls nichts für mich«, beschwert sich Eike. »Ich hab keinen einzigen Ball bekommen.«

»Vielleicht lag es ja gar nicht an dir, sondern an Sven«, sagt Papatoni.

Sven hat jeden Pass abgefangen, der für Eike bestimmt war. Der sonstige Spielmacher scheint jeden Zug der Gegner vorausgeahnt zu haben.

»Das ist ja wie Spionage«, sagt Stefan. Er kapiert als Erster, was Papatoni mit dieser Art von Rollentausch bewirken will.

»Geheimagent Stefan gegen den Rest der Welt«, lästert Eike.

Zur Belohnung für den gezeigten Trainingseifer verlegt Papatoni die Mannschaftsbesprechung ins Vereinslokal und bestellt Eis für alle.

Dennoch wird es vermutlich gleich ein paar enttäuschte Gesichter geben. Papatoni kann nicht alle aufstellen. Eine Mannschaft besteht nur aus elf Spielern. Wenn sich eine der beiden Gruppen ungerecht behandelt fühlt, könnten die mühevoll geschlossenen Gräben wieder aufbrechen. Und auch die Kapitänsfrage ist noch ungeklärt. Herr Lentini hat sich genau überlegt, wie er vorgehen will. Erst schlägt er Stefan als Kapitän vor.

Die alten SC-Spieler nicken zustimmend. Matthias versucht sich seine Enttäuschung nicht anmerken zu lassen und löffelt weiter sein Eis. Auch er hätte gerne die Kapitänsbinde getragen. Papatoni spielt seine nächste Karte aus. Er überlässt Matthias die verantwortungsvolle Aufgabe des Liberos. Nun ist auch die Kapitänsfrage kein Problem mehr. Als Papatoni darüber abstimmen lässt, ob alle mit Stefan einverstanden sind, hebt Matthias als Erster die Hand. Papatoni hat den Frieden bewahren können. Abschließend verspricht er auch noch den Ergänzungsspielern, dass ganz sicher alle mal zum Zuge kommen werden.

Anpfiff

Mittwoch, 18.30 Uhr. Zum Auftakt der Saison haben die Spieler Eltern, Verwandte und Freunde an den Spielfeldrand bestellt. Auch die ehemalige 4a der Wildpark-Grundschule ist teilweise im Publikum vertreten. Papatonis neue Mannschaft fiebert dem ersten Anpfiff entgegen.

Der Trainer gibt letzte Anweisungen. Für die alten SC-Spieler ist ein Punktspiel nichts Besonderes. Die früheren Wildpark-Tornados dagegen wirken nervös.

»Sag deinen Vorderleuten, wenn sie falsch stehen«, wendet sich Papatoni an seinen Torwart.

Keine Frage, dass Eike die Nummer 1 trägt. Matthias und Stefan organisieren die Verteidigung. »Wenn einer von euch nach vorne geht, bleibt der andere hinten«, schärft ihnen der Trainer noch einmal ein. »Kevin – du übernimmst ihren Mittelstürmer. Benny spielt rechts hinten, Nils links. Tonio hält Sven und Selim den Rücken frei. Die zwei brauchen Raum, um das Spiel anzukurbeln. Von Ole und Altin erwarte ich vor allem Bewegung. Ihr erinnert euch, was Kevin gesagt hat? – Verteidiger mögen es nicht, wenn ihnen die Stürmer ständig davonlaufen.«

Der Schiedsrichter fordert die Mannschaften auf, sich fertig zu machen. Papatoni klatscht in die Hände. »So Jungs, ran an den Speck!«

Stefan trabt als Kapitän voraus. Hinter ihm folgt Eike, dann Matthias als Libero und der Rest der Mannschaft. Die Spielführer geben sich im Mittelkreis die Hand. Der Schiedsrichter bittet alle, fair zu spielen.

Dann wirft er eine Münze. Stefan verliert die Platzwahl. Dafür darf der SC anstoßen.

Schrill ertönt der Anpfiff. Altin passt den Ball zurück zu Tonio. Sofort pfeift der Schiedsrichter erneut.

»Beim Anstoß muss der Ball nach vorne gespielt werden«, sagt der Schiedsrichter.

»Tut mir Leid, hab ich vergessen«, sagt Altin mit rotem Kopf.

»Mach einfach nochmal«, sagt der Schiedsrichter.

Jetzt spielt Altin vorwärts auf Ole. Ole leitet weiter auf Selim, der bereits auf den linken Flügel ausgewichen ist. Ein Gegner geht dazwischen.

»Pass doch auf!«, schimpft Sven.

Der Ball rollt zügig durch die gegnerischen Reihen. Schon ist ihr Spielmacher an der Strafraumgrenze.

»Ran!«, brüllt Eike. Weder Matthias noch Stefan übernehmen den Angreifer. Der zögert keine Sekunde und zieht ab. Eike macht sich lang und bekommt die Faust dazwischen. Der Ball knallt an den Pfosten. Kevin kann den Abpraller zur Ecke klären.

Ehe sich Stefan und Matthias einigen können, wer den kurzen Pfosten sichert, kommt der Ball hoch herein. »Weg! Meiner!«, ruft Eike. Er steigt hoch und hämmert den Ball mit beiden Fäusten zurück ins Feld.

»Super, Eike!«, ruft Papatoni ihm zu. »Sven! Entgegen!«

Sven bleibt allerdings stehen. Sein Gegner hat viel Zeit, den Ball aufs Neue in Besitz zu nehmen. Vier, fünf Stationen und der Ball kommt halbhoch in Eikes Strafraum. Der Mittelstürmer nimmt ihn direkt aus der Luft. Benny blockt ab. Der satte Schuss nimmt ihm beinahe den Atem. Der Ball fällt vor die Füße des gegnerischen Spielmachers. Die Chance lässt er sich nicht nehmen. Sein Schuss landet unhaltbar in der linken, oberen Ecke. Die Anhänger der Gäste jubeln.

»Warum geht denn keiner ran?«, schimpft Eike mit seinen Vorderleuten.

Stefan und Matthias sehen einander betreten an. Beide hatten gedacht, der andere würde den freien Gegner übernehmen. Nach erneutem Anstoß gelingt es Sven und Selim, den SC besser ins

Spiel zu bringen. Die erste dicke Chance vergibt Altin, indem er den Ball am leeren Tor vorbeischiebt. Der gegnerische Torhüter lässt sich Zeit. In aller Ruhe legt er sich den Ball zum Abstoß zurecht.

»Wildpark-Tor-na-dos!«, ertönt plötzlich eine einsame Stimme.

Wie auf Kommando sehen alle Spieler zu den Zuschauern. Herr Hoppenstedt, der Grundschullehrer der letztjährigen 4a aus der Wildparkschule, befindet sich im Publikum. Wie immer in Anzug und Fliege. Man kennt ihn nicht anders. »Wildpark-Tor-na-dos!«, ruft er noch einmal.

Die Reaktionen der SC-Spieler könnten nicht unterschiedlicher sein. Herrn Hoppenstedts ehemalige Schüler freuen sich über seine Anwesenheit. Die restlichen Spieler der Mannschaft sind sauer. Kapiert denn dieser merkwürdige Zuschauer nicht, dass die D-Jugend des SC nicht nur aus Wildpark-Tornados besteht? Papatoni spürt sofort, dass Hoppenstedts gut gemeinte Anfeuerungsrufe erneut einen Keil in die Mannschaft treiben könnten. Mit Handzeichen versucht Papatoni Herrn Hoppenstedt deutlich zu machen, dass er bitte still sein soll. Herr Hoppenstedt glaubt, der Trainer winke ihm zu, und winkt erfreut zurück. Kerstin, die ebenfalls unter den Zuschauern ist, scheint Papatonis Befürchtungen zu teilen. Sie

rennt zu ihrem ehemaligen Grundschullehrer hin und klärt ihn darüber auf, dass ein Teil der Mannschaft seine Anfeuerungsrufe gar nicht gut findet.

Inzwischen ist der Ball längst wieder in der Gefahrenzone vor Eikes Tor.

»Ran! Matthias, entgegen!«, brüllt er. »Stefan! Links kommt noch einer!«

Matthias und Stefan stehen einander im Weg. Ihre Absprachen funktionieren nicht oder sie finden nicht statt. Unweigerlich fällt das 0:2.

Tonio ist sauer auf die beiden. »Könnt ihr euch denn nicht einigen, verdammte Scheiße!«, schnauzt er sie an.

Sofort ist der Schiedsrichter bei ihm: »Kraftausdrücke werden bei mir nicht verwendet«, ermahnt er Tonio. »Noch einmal und du sitzt für fünf Minuten draußen.«

»'tschuldigung«, sagt Tonio. Trotzdem geht er zu Stefan und Matthias. Er kann auch ohne Kraftausdrücke schimpfen.

Der SC bleibt weiter unter Druck. Ohne Eike in Bestform wäre längst das 0:3 gefallen. Und wieder taucht der Torwart in die Ecke und begräbt den Ball unter sich. Papatoni signalisiert ihm, es ruhig angehen zu lassen. Bald ist Halbzeit. Wenigstens das 0:2 will er in die Pause retten. Doch Eike sieht, dass Altin ganz allein an der Mittellinie lauert. Er tippt den Ball kurz auf und schlägt ab. Erst nach dem Abschlag seines Torhüters sprintet Altin los. Kein Abseits. Er bringt den Ball unter Kontrolle und stürmt auf den Torwart zu. Der eilt ihm entgegen und drängt Altin in Richtung Torauslinie ab. Doch Selim ist mitgelaufen. Altin hebt den Ball nach innen. Selim nickt ihn mit dem Kopf ins Netz. Tor! Und Halbzeit.

Papatoni stellt die Mannschaft um. Stefan soll mit Sven und Selim das Mittelfeld übernehmen. Tonio dagegen muss sich etwas zurückfallen lassen. Jens, Oliver und Sebastian kommen nun ebenfalls zum Einsatz.

»Einen Punkt rettet ihr noch. Ich traue euch sogar noch einen Sieg zu«, sagt Papatoni abschließend.

Kerstins zweite Halbzeit

»Stefan!«, ruft Kerstin den Spielführer kurz vor dem Wiederanpfiff zu sich.

»Was will denn Kerstin jetzt noch?«, fragt Eike Tonio.

»Woher soll ich das denn wissen?«, antwortet der. Er kniet nieder, um seinen Schuh zu binden. Sein Schnürsenkel ist eigentlich fest genug. Aber auf die Art kann er unauffällig beobachten, was Kerstin vorhat. Sie redet mit Stefan. Der schüttelt ablehnend den Kopf. Kerstin lässt nicht locker. Sie scheint Stefan um einen Gefallen zu bitten. Schließlich zuckt er mit den Schultern, als würde er klein beigeben.

»Kommt mal zusammen!«, ruft Stefan seine Mitspieler. »Kerstin hat sich einen neuen Anfeuerungsruf ausgedacht.«

»Und wie geht der?«, fragt Benny.

»SC-Tor-na-dos«, antwortet Stefan.

»Schon wieder Tornados?«, sagt Benny ablehnend.

»Ja, aber jetzt seid ihr die Tornados vom Sportclub«, sagt Kerstin.

Der Schiedsrichter gibt zu verstehen, dass er wieder anpfeifen möchte.

Benny zögert. Dann winkt er ab. »Meinetwegen, schlimmer kann es ja nicht werden.«

Die Mannschaft bildet einen Kreis. Die Spieler legen einander die Arme um die Schultern. »SC-Tor-na-dos!«, rufen sie dreimal im Chor. Es klingt allerdings ziemlich dünn und wenig überzeugend.

Doch kaum hat der Schiedsrichter das Spiel wieder eröffnet, greifen die Zuschauer den neuen Anfeuerungsruf auf und unterstützen die SC-Spieler nach Leibeskräften. Allen voran der Lehrer Hoppenstedt. So viel Anteilnahme durch die Zuschauer setzt bei Papatonis Kickern tatsächlich schlummernde Kräfte frei. Der Trainer schaut hinüber zu Kerstin. Er hält beide Daumen hoch und spendet ihr Beifall.

In der zweiten Hälfte bieten die SC-Spieler dem Gegner Paroli und übernehmen das Mittelfeld. Auf sich allein gestellt kommt Matthias mit der Rolle als letzter Mann wieder besser zurecht. Vorne wirbeln Stefan, Sven und Selim die Gegner durcheinander. Mit einem mehrfachen Doppelpass spazieren Sven und Stefan durch die Abwehr. Sven scheitert zwar am Torwart, doch Altin ist zur Stelle und staubt ab. Papatonis weitere Anweisungen gehen im Getöse der Fans unter. Der Knoten ist geplatzt, der SC lässt den Gästen keine Chance mehr. Die Mannschaft kennt nur noch eine Richtung: vorwärts.

»Matthias!«, brüllt Eike. »Bleib hier!« Vergeblich.

Fünfzehn Minuten vor Schluss hält es den letzten Mann nicht mehr hinten. Schon ist er jenseits der Mittellinie. Nur auf Kevin ist Verlass. Er weicht dem gegnerischen Mittelstürmer keinen Schritt von der Seite. Tonio hat Eikes Notruf mitbekommen und bleibt in der eigenen Hälfte. Durch einen Befreiungsschlag können die Gäste den von Eike befürchteten Konter einleiten. Tonio findet sich plötzlich in der Rolle des letzten Mannes wieder. Drei Angreifer gegen zwei Verteidiger. Tonio zögert. Rückwärts laufend wartet er lange auf einen günstigen Moment, den ballführenden Stürmer anzugreifen. Plötzlich schnellt er ihm entgegen und spitzelt den Ball Richtung Seitenlinie. Das bringt Zeit.

»Zurück!«, brüllt Tonio seinen Mitspielern zu.

Mit langen Schritten kehrt Matthias von seinem Ausflug wieder und übernimmt die Außenseite. Tonio sichert die Mitte. Dann die Flanke, der Mittelstürmer steigt hoch zum Kopfball. Kevin steht besser. Er wird vom Angreifenden angesprungen und zu Boden gerissen. Der Schiedsrichter entscheidet auf Stürmerfoul. Die Situation ist bereinigt.

»Warum bleibst du nicht hinten? Bist du blöd, Mann?«, schnauzt Tonio Matthias an.

»So, mein Freund, nun ist es genug«, sagt der Schiedsrichter. Er stellt Tonio für fünf Minuten vom Platz.

»Was hab ich denn getan?«, fragt Tonio fassungslos.

»Solange ich der Schiedsrichter bin, gibt es auf dem Feld keine Beleidigungen. Nicht mal innerhalb der eigenen Mannschaft.«

Mit Tränen in den Augen verlässt Tonio den Platz.

»Ich hab Matthias doch nur gefragt, ob er blöd ist«, erklärt Tonio seinem Papa.

Tröstend legt Papatoni seinem Sohn den Arm um die Schultern. »Nicht weitersagen: Das hab ich auch gedacht«, sagt er leise.

In Unterzahl erlebt der SC fünf bange Minuten. Selbst Altin verlässt seine Position als Sturmspitze, um hinten auszuhelfen. Seine Mitspieler kriegen den Ball nicht einmal mehr über die Mittellinie. Auch als Tonio endlich zurück aufs Feld darf, kann sich Papatonis Mannschaft kaum aus der Umklammerung der Gäste befreien. Erst in der letzten Minute erläuft sich Stefan den Ball am eigenen Strafraum. Er startet einen Sololauf über das ganze Feld und erzielt das ausgesprochen glückliche 3:2. Ob glücklich oder gar unverdient – Spieler und Zuschauer bejubeln den Sieg der SC-Tornados.

Auf und ab

Beim ersten Auswärtsspiel können die Tornados zunächst ganz gut mithalten. Als sie in Rückstand geraten, schaffen sie sogar noch einmal den Ausgleich. Die Schlussphase gehört jedoch ganz allein den Gastgebern. Im Drei-Minuten-Takt klingelt es in Eikes Kasten. Dabei ist er noch einer der Besten. Seine Vorderleute irren allerdings wie ein Haufen aufgescheuchter Hühner durch den Strafraum. Am Ende schleichen die SC-Spieler mit einer 5:1 Niederlage vom gegnerischen Platz.

Im nächsten Training probiert Papatoni alles Mögliche aus. Mal lässt er Matthias den letzten Mann spielen, mal Stefan. Obwohl beide ihre Sache nicht schlecht machen, fehlt es der Abwehr immer noch an Sicherheit. Als der Trainer zusätzlich Nils und Benny, die beiden Außenverteidiger, ihre Positionen tauschen lässt, findet sich beim Spiel Sturm gegen Abwehr überhaupt keiner mehr zurecht.

»Na, haben sie die Schlappe schon verdaut?«, fragt Kerstin. Sie kommt vom Hockeytraining und ist mit Eike und Tonio verabredet.

»Ich kann nicht ausschließen, dass wir im nächsten Spiel wieder eine Pleite erleben«, sagt Papatoni. »In der Abwehr könnte ich dich wirklich gut gebrauchen.«

»Soll ich mir die Haare schneiden lassen? Dann geh ich glatt als Junge durch«, sagt Kerstin.

Papatoni schaut sie überrascht an. »Das würdest du tun?«

»War doch nur Spaß. Außerdem finde ich Hockey ganz witzig.«

Im selben Moment erzielen die Stürmer ein weiteres Tor.

»Warum greifst du ihn nicht an?«, beschwert sich Kevin lautstark bei Nils. »Nur weil dein Gegner gerade mal nicht da ist, musst du doch nicht faul rumstehen.«

»Machs doch selber, wenn du alles weißt«, schimpft Nils.

»Wenn du dafür meinen Mann übernimmst«, erwidert Kevin.

Kerstin zupft Papatoni am Ärmel. »Wie wärs mit ihm?«

»Was mit wem?«

»Kevin – als Abwehrchef. Der blickt mehr durch als alle andern«, sagt Kerstin. »Probieren Sie ihn doch mal als letzten Mann aus.«

Noch einmal schaut Papatoni Kerstin überrascht an. Dann wendet er seine Aufmerksamkeit wieder dem Spiel zu.

»Weiter links, Benny!«, ruft Kevin. »Pass auf, Matthias! Sven kommt in die Lücke!« Er selbst bleibt hartnäckig bei Ole, den er in diesem Spiel decken soll. Papatoni zieht sein Notizbuch hervor. Kerstin reckt sich, um zu sehen, was er aufschreibt. ›Kevin letzter Mann?‹ Der Trainer klappt das Notizbuch wieder zu.

»Kevin ist auch gar nicht mehr so dick wie früher«, sagt Kerstin.

»Stimmt«, sagt Papatoni. Vielleicht sollte er Kerstin zu seiner Assistentin ernennen. Sie bemerkt Dinge, die ihm überhaupt nicht auffallen.

Für das nächste Spiel will Papatoni die Abwehr allerdings nicht schon wieder umstellen. Er möchte es noch einmal mit Matthias versuchen. Stefan soll das Mittelfeld überbrücken. Dafür muss Tonio seinen Vorwärtsdrang bremsen und hinten aushelfen.

Vor versammelter Mannschaft hält Tonio den Mund. Erst zu Hause, als er mit seinen Eltern beim Abendessen sitzt, wehrt er sich gegen die ihm zugeteilte Rolle. »Ich will nicht immer hinten bleiben. Warum darf ich nicht mehr nach vorne?«

»Weil unsere Abwehr der reinste Schweizerkäse ist. Auf dich kann ich mich wenigstens verlassen. So gut wie du dich mit Matthias verstehst, bildet ihr bestimmt ein gutes Team.«

»Könnt ihr nicht mal fünf Minuten über etwas anderes reden?«, fragt Tonios Mama. »Seitdem du beim SC Trainer bist, höre ich von euch nur noch Fußball, Fußball, Fußball.«

»Entschuldige, aber es ist immerhin mein Job«, sagt Papa.

»Rede ich etwa die ganze Zeit über Pillen, Tabletten und Rheumasalben?«, fragt Mama gereizt. Sie arbeitet in einer Apotheke.

»Das wäre ja auch wirklich stinklangweilig«, sagt Tonio.

»Richtig«, stimmt Mama ihm zu. »Und genauso langweilig ist es für mich, wenn ihr ständig über Fußball redet.«

Papa schweigt betreten.

»Worüber sollen wir denn sonst reden?«, fragt Tonio.

»Passiert denn nichts anderes mehr in eurem Leben?«

Tonio und Papa sehen einander an. Gleichzeitig zucken sie mit den Schultern. Eine Zeit lang hört man nur noch das leise Klappern von Gabeln und Messern.

»Ich hab übrigens deinen alten Lehrer getroffen«, sagt Mama.

»Herrn Hoppenstedt?«, fragt Tonio.

»Ja, er lässt schön grüßen.«

»Wo hast du ihn denn getroffen?«, greift Papa den Faden auf.

Erfreut nimmt Mama zur Kenntnis, dass er sich wenigstens um ein anderes Thema bemüht.

»Ihr werdet es nicht glauben«, sagt sie und fängt an zu kichern. Sie legt ihr Besteck auf den Tisch und lacht immer mehr. Mama bekommt einen richtigen Lachanfall.

Tonio runzelt die Stirn und sieht Papa an. Der macht eine ratlose Geste. Mamas Anfall ist heftig und ansteckend. Bald lachen auch Papa und Tonio mit. Ganz allmählich kriegt Mama sich wieder ein. Sie tupft sich mit der Serviette die Tränen weg.

»Verrätst du uns jetzt, was so komisch ist?«, fragt Papa.

»Hoppenstedt hat –«, Mama prustet noch einmal los – »ich hab ihn im Sportgeschäft getroffen. In weißem Hemd und Fliege.«

»So läuft er doch immer rum«, sagt Tonio.

»Oben herum, ja. Unten trug er allerdings kurze Hosen und Fußballschuhe.« Mama schildert unter Tränen, wie Herr Hoppenstedt mit seinen blassen Storchenbeinen durchs Sportgeschäft gestelzt ist. Er hat Mama erkannt und sie sogar um Rat gebeten. Er wollte von ihr wissen, ob er beim Herbstfest der Schule so gegen die Schüler antreten könnte.

»Und – was hast du gesagt?«, fragt Papa.

»Dass er sich noch ein passendes Trikot aussuchen müsste«, antwortet Mama.

»Gegen uns hat er nie gekickt«, sagt Tonio halb beleidigt. Trotzdem hätte er Herrn Hoppenstedt zu gern in diesem Aufzug gesehen.

Nachdem sich alle wieder beruhigt haben, verschränkt Papa genüsslich die Arme und lehnt sich auf seinem Stuhl zurück. »Diesmal können wir aber nichts dafür.«

»Wofür?«, fragt Mama.

»Dass wir schon wieder beim Thema Fußball gelandet sind«, antwortet Papa augenzwinkernd.

Dicker Knöchel – weiche Knie

Vor dem nächsten Heimspiel herrscht in der Umkleidekabine nervöse Aufregung. In zwanzig Minuten ist Anpfiff. Benny, Sven und Matthias sind noch nicht da. Plötzlich fliegt die Tür auf. »Tut mir Leid«, sagt Sven, »Kolja hatte die Hosen voll und Mama kam nicht rechtzeitig von der Arbeit.« Der kleine Kolja hat seinem großen Bruder schon häufiger Verspätungen dieser Art beschert.

Als Nächster platzt Benny in die Kabine. »Wisst ihr es schon?«

»Was?«

»Matthias.«

»Was ist mit ihm?«, fragt Papatoni.

»Er ist im Krankenhaus. Er hat sich beim Federball den Knöchel verstaucht.«

»Spinnt der, beim Federball? – Den Knöchel? – Schlimm?«, fragen alle durcheinander.

»Ich wollte ihn abholen. Es ist erst vor einer Stunde passiert. Seine Mutter sagt, dass der Knöchel von Matthias so dick ist wie eine Kokosnuss.«

Die Jungen sehen auf ihren Trainer. Papatoni kaut an seinem Schnauzbart. »Also gut – probieren wir was Neues. Kevin, du spielst letzter Mann. Die Manndeckung übernimmt Benny …«

»Was?«, fragt Kevin entsetzt.

»Keine Panik«, sagt Papatoni. »Tonio unterstützt dich. Ich hab mir das gründlich überlegt. Eigentlich ist es Kerstins Idee.«

»Die spinnt wohl«, sagt Kevin empört. »Das mach ich nicht.«

»Kevin, das haut hin«, sagt Papatoni beruhigend. »Denk einfach dran, wie es dir gegangen ist, als ich dich das erste Mal gegen Sven spielen ließ.«

»Wie soll es mir gegangen sein? Die Knie haben mir gezittert.«

»Und ich hab keinen Stich gemacht«, sagt Sven. Er war damals fürchterlich sauer gewesen. Jetzt verpasst er Kevin einen kumpelhaften Fausthieb. »Mensch, Kevin, du packst das schon.«

Jens kommt zusätzlich in die Mannschaft. Ansonsten bleibt alles wie geplant. Beim Aufwärmen hat Kevin Beine wie Gummi. Auf seiner Stirn fühlt er kalten Schweiß. Seine Handflächen sind feucht. »Du brüllst, wenn ich was übersehe«, sagt er zu Eike.

»Mach ich doch sowieso«, erwidert Eike und gibt Kevin einen aufmunternden Klaps.

Der heutige Gegner hat aus zwei Spielen sechs Punkte geholt und liegt auf Platz zwei. Ein Grund mehr für Kevin, sich vor dem Anpfiff zu fürchten. Er überlegt ernsthaft, ob er nicht einfach davonlaufen soll. Zum Glück eröffnet der Schiedsrichter die Begegnung, bevor sich der letzte Mann wider Willen tatsächlich zur Flucht entscheiden kann. Jetzt heißt es Augen auf und durch. Kevin hält sich stets auf einer Linie zwischen Ball und Tor. Rechts außen sind die Angreifer in der Überzahl. »Nils, der da!«, ruft Kevin sofort. Nils übernimmt den Mann. Der gegnerische Spielmacher sieht eine Lücke und legt sich den Ball vor. Kevin ahnt seine Absicht. Er schließt die Lücke und drischt den Ball mit einem mächtigen Befreiungsschlag ins Aus. Das war zwar nicht sehr elegant, aber wirkungsvoll.

»Sauber, Kevin«, raunt Tonio ihm zu. Von hinten ertönt das dumpfe Klatschen von Eikes Torwarthandschuhen. Auch er ist zufrieden. Nach drei, vier Angriffen der Gegner ist Kevin voll bei der Sache. Mit großer Übersicht dirigiert er seine Nebenleute. Immer wieder rennt sich der Gästesturm in der SC-Abwehr fest. Im Mittelfeld wird nur gestoppelt und gestochert. Keiner hat den Mut, Verantwortung zu übernehmen. Ein Fehlpass folgt dem andern. Ein Trauerspiel von beiden Mannschaften. In der Pause steht es 0:0. Torchancen? Fehlanzeige.

Auch in der zweiten Halbzeit wird den Zuschauern kaum mehr geboten. Erst als der Schiedsrichter dem SC einen fragwürdigen Handelfmeter zuspricht, kommt etwas Leben in die Bude. Der Spieler, der das Handspiel begangen hat, beschwert sich beim Unparteiischen. »Der Ball ist mir an die Hand gesprungen. Kann ich was dafür, wenn wir auf so einem Acker spielen müssen?« Er zeigt auf einen Maulwurfshügel mitten im Strafraum.

Der Schiedsrichter kennt keine Gnade. Sven lässt sich das Geschenk nicht nehmen. Er verwandelt zum glücklichen 1:0-Endstand.

Kevin muss Matthias auch noch in den folgenden drei Spielen ersetzen. Es ist nicht zuletzt sein Verdienst, dass die Bilanz mit einer Niederlage, einem klaren Heimsieg und einem hart erkämpften Unentschieden wenigstens ausgeglichen bleibt. Erst zum letzten Spiel der Vorrunde ist Matthias wieder mit von der Partie. Allerdings nur als Ergänzungsspieler. Seine Verletzung liegt mittlerweile zwar einige Wochen zurück, doch beim schnellen Antreten hat er manchmal immer noch Schmerzen.

Auf große Unterstützung durch irgendwelche Fans braucht heute niemand zu hoffen. Der Himmel ist mit schweren Wolken verhangen. Jeden Moment droht der nächste Schauer niederzugehen. Kerstin ist die Einzige, die trotz des Schmuddelwetters mit der Mannschaft in der Straßenbahn sitzt. Das gegnerische Stadion liegt am anderen Ende der Stadt. Sven schwenkt seine SC-Fahne und stimmt sämtliche Anfeuerungsrufe an, die ihm einfallen. Von »Jetzt gehts los!« über »SC-Tor-na-dos!« bis »Oleoleoleole – wir sind die Meister vom SC!« In Anbetracht des bisherigen Abschneidens klingt das ein klein wenig übertrieben. Mit zehn Punkten aus sechs Spielen steht die Mannschaft auf Platz vier. Der Abstand zum Ersten beträgt bereits fünf Punkte. Sowohl Papatoni als auch seine Schützlinge hatten sich durchaus mehr erhofft. Das hindert jedoch kaum jemanden daran, grölend in Svens Gesang einzustimmen. Papatoni schüttelt den Kopf. Vielleicht bewirkt die gute Stimmung ja ein kleines Wunder. Immerhin treffen die SC-Tornados heute auf ihre Tabellennachbarn auf Rang drei. Und die haben ebenfalls zehn Punkte.

Der Boden ist tief und vom Dauerregen der letzten Tage ziemlich aufgeweicht. Dennoch sind sich der Schiedsrichter und die beiden Trainer nach kurzer Beratung einig, dass das Spiel stattfinden kann. Der erneute Regen, der unmittelbar nach Anpfiff einsetzt, macht es den Spielern nicht gerade leicht. Kein einziger Zuschauer hat sich auf die Ränge verirrt. Kerstin und die drei Anhänger der Gastgeber haben sich zu den Reservespielern unter die schützenden Dächer der Ersatzbänke begeben. Mit jeder Böe peitscht den Spielern der Regen ins Gesicht. Die Ergänzungs-

spieler traben in Regenanzügen am Spielfeldrand auf und ab. Papatoni möchte, dass sie warm bleiben. Wegen des tiefen Bodens will er so oft auswechseln, wie es die Regeln erlauben. Das zerfahrene Spiel macht niemandem Spaß. Gut gemeinte Pässe landen im Aus. Wenn der Ball nach einem Schuss aufsetzt, scheint er schneller zu werden. Papatoni signalisiert seinen Spielern, es mit Flachschüssen zu versuchen. Stefan befolgt den Hinweis als Erster. Er kämpft sich bis zum Strafraum durch und haut drauf. Der Ball springt einmal auf und plitscht über den im Matsch landenden Torwart hinweg ins Netz.

»Super, Stefan! Noch einen!«, jubelt Kerstin. »SC-Tornados!«

Die Gastgeber müssen gegen den Rückstand anrennen. In ihrer Abwehr tun sich Löcher auf. Trotz Gegenwind liegt der SC zur Halbzeit 3:0 in Führung. Matthias kann in seinem fünf Minuten dauernden Einsatz zum Ende der Partie noch auf 4:0 erhöhen. Nach dem Abpfiff dieser Schlammschlacht sind Papatonis Spieler ausgelassen vor Freude. Sven stürmt Richtung Seitenlinie. Einige Meter vor dem Rand des Spielfeldes wirft er sich flach auf den Bauch. Mit ausgestreckten Armen rutscht er Kerstin und seinem

Trainer direkt vor die Füße. Die übrigen Spieler folgen seinem Vorbild.

»Igitt – Schweine-Tornados«, sagt Kerstin, nachdem die gesamte Mannschaft vollständig eingematscht ist.

Doch die ausgelassene Stimmung ist gerechtfertigt. Immerhin haben sich diese Schweine-Tornados zur Winterpause auf den zweiten Platz vorgekämpft. Der Abstand zum Tabellenführer beträgt allerdings nach wie vor fünf Punkte.

Kleiner Gegner – große Wirkung

Zum Abschluss der Vorrunde hat Papatoni die D-Jugend noch einmal zur Spielerversammlung ins Vereinslokal geladen. Nach den ersten Herbststürmen ist es in den vergangenen Tagen noch einmal so richtig schön warm geworden. Die Spieler sitzen mit ihrem Trainer auf der Terrasse und löffeln das spendierte Eis. Papatoni verteilt Zettel mit den Terminen für die Hallensaison.

»So ein Wetter und wir sollen drinnen spielen«, sagt Tonio.

»Kann man die weiteren Spiele nicht einfach vorverlegen? Wäre doch gut. Wir sind gerade so richtig in Schwung gekommen«, sagt Stefan.

»Die fünf Punkte holen wir doch so oder so auf«, meint Sven voller Überzeugung.

»Wem nützt eigentlich diese Winterpause?«, fragt Eike.

»Dem da«, sagt Stefan.

Er zeigt hinunter zu Platzwart Möller. Der

fährt mit seinem Minitraktor auf dem Spielfeld auf und ab. Dank der Winterpause kann er sich endlich um die kahlen Stellen auf dem geschundenen Rasen kümmern. Ein Großteil des Trainings findet ab sofort in der Halle statt und selbst die Profis und die älteren Jugendmannschaften müssen nur noch wenige Pflichtspiele bestreiten. Plötzlich stellt der Platzwart den Motor ab und springt vom Sitz. Er zieht eine Schaufel aus der Halterung am Traktor und fährt damit schwungvoll unter einen Maulwurfshügel. In hohem Bogen fliegt lockere Erde durch die Luft.

»Der Ärmste«, sagt Kevin.

»Herr Möller?«, fragt Ole.

»Blödi. Der Maulwurf.«

Seit einem guten Vierteljahr pflügt ein Maulwurf das SC-Gelände um. Natürlich ist der Platzwart ganz und gar nicht gut auf den kleinen Erdarbeiter zu sprechen. Jetzt scheint er ihm an den Kragen zu wollen.

»Meint ihr, der bringt ihn um?«, fragt Eike.

Matthias ist empört. »Das darf er gar nicht. Der steht unter Naturschutz.«

»Der Platzwart?«, fragt Tonio grinsend.

»Quatsch, der Maulwurf«, erwidert Matthias ernst.

»Vielleicht nimmt er ja Gift«, sagt Stefan.

Sven schüttelt den Kopf. »Selbstmord? Ein Maulwurf? Das glaub ich nicht«, meint er trocken.

Die andern lachen.

»Ich geh mal fragen«, sagt Tonio. Er springt auf und rennt die breite Treppe zum Spielfeld hinunter.

Eislöffel fliegen scheppernd auf den Tisch, Stühle werden gerückt, ein Glas kippt um. Sekunden später ist die komplette Mannschaft unten bei Herrn Möller. Nur Papatoni bleibt auf der Terrasse und beobachtet das Geschehen aus der Ferne. Die ausladenden Armbewegungen

des Platzwartes lassen darauf schließen, dass er haarklein schildert, welches Unheil der kleine Wühler anrichtet. Nach einigem Hin und Her kehren die Jungen auf die Terrasse zurück.

»Bingo! Er spendiert uns eine Runde Eis«, ruft Stefan seinem Trainer von weitem zu.

»Der Maulwurf?«, fragt Papatoni.

»Blödsinn, Papa«, sagt Tonio. »Herr Möller natürlich.«

»Aber nur, wenn wir den Maulwurf innerhalb einer Woche fangen«, fügt Eike hinzu.

Papatoni lacht. »Wie wollt ihr das denn anstellen?«

»Wir legen uns auf die Lauer«, sagt Matthias.

Ab sofort ist Papatonis Winterplanung zweitrangig. Unter Svens Federführung wird eine Liste erstellt, wer den Maulwurf zu welcher Zeit beobachten kann. Gleich morgen nach der Schule übernehmen Kevin, Altin und Ole die erste Schicht. Im Handumdrehen ist ein Überwachungsplan für das Wochenende erstellt. Nur in den Abend- und Nachtstunden und den Zeiten, in denen im Fernsehen die Berichte aus der Bundesliga kommen, wird der Maulwurf seine Ruhe haben. Er scheint allerdings zu wittern, dass ihm aufgelauert wird. Bis Sonntagmorgen hat er sich kein einziges Mal blicken lassen. Am Sonntagnachmittag fahren Tonio, Eike und Matthias auf ihren Rädern zum Sportgelände, um Sven, Stefan und Benny abzulösen.

»He, Kerstin und Stefans Schwester sind ja auch hier«, stellt Eike schon von weitem fest.

»Ach du Schande«, sagt Tonio. Siedend heiß fällt ihm ein, dass er Kerstins ersten Hockeyeinsatz verpasst hat. Dabei hatte er ihr gestern versprochen, dass er zuschauen wollte.

Eike fragt Kerstin und Tanja, ob sie vorhaben, den Maulwurf mit ihren Hockeyschlägern zu jagen.

»Ach was, wir kommen doch gerade vom Spiel«, antwortet Kerstin.

»Kerstin war echt gut«, sagt Tanja. »Sie hätte fast ein Tor geschossen.«

»Übertreib doch nicht so«, sagt Kerstin. »Du hast doch zwei Tore gemacht.«

»Meine Schwester«, sagt Stefan stolz.

Tonio ist froh, dass Kerstin nicht sauer auf ihn ist.

»Und was ist mit dem Maulwurf?«, fragt Matthias.

Sven winkt ab. »Keine Spur von ihm. Vielleicht habt ihr ja mehr Glück.«

Tanja schaut auf die Uhr. »Wir müssen«, sagt sie zu Stefan.

»Schade«, sagt Kerstin. »Könnt ihr nicht noch ein bisschen bleiben?«

Aber Stefan und seine Schwester verabschieden sich ebenso wie Sven und Benny.

»Tschüs! Bis Mittwoch!«, ruft Kerstin Tanja hinterher.

»Was ist denn da?«, fragt Eike neugierig.

»Tanja hat mich zum Geburtstag eingeladen.«

»Bei Stefan?«, fragt Tonio.

»Wo denn sonst?«, erwidert Kerstin. »Warum

bist du eigentlich nicht zu unserem Spiel gekommen?«

Bevor Tonio antworten kann, gibt Matthias ein Zeichen, dass sie alle mal still sein sollen.

»Psst, ganz leise«, flüstert er. Er zeigt auf einen der Hügel. »Fällt euch was auf?«

»Der ist dunkler als die andern«, flüstert Eike.

»Ja, der muss ganz frisch sein.«

Plötzlich bewegt sich ganz oben die Erde. Eine kleine Drecklawine kullert ins Gras hinunter.

»Da muss er sein«, sagt Eike.

»Und jetzt?«, fragt Matthias.

»Ich hab meine Handschuhe mit«, sagt Eike. Er zieht die Torwarthandschuhe an und legt den übergroßen Zeigefinger an die Lippen. Ganz langsam schleicht er zum frischen Hügel. Die andern folgen auf leisen Sohlen. Eike kniet nieder. Mit den

Handflächen nach oben bildet er eine Baggerschaufel. Vorsichtig setzt er sie vorn am Hügel an. Er zögert. Die anderen nicken ihm zu. Als sich an der Spitze erneut etwas bewegt, fährt Eike mit beherztem Schwung unter den Hügel. Einen Moment später fliegt die lockere Erde durch die Luft. Mittendrin der Übeltäter. Kaum ist er wieder im Gras gelandet, wuselt er fiepend davon. Zunächst sind die Kinder von ihrem Erfolg verblüfft.

Kerstin reagiert als Erste. Sie stürzt zu ihrer Sporttasche, kippt den Inhalt auf den Rasen. Dann rennt sie zurück. Mittlerweile hat Eike den erstaunlich flinken Maulwurf gefangen. Er setzt ihn in Kerstins Tasche.

Vier Köpfe neigen sich gleichzeitig nach vorn, um den kleinen Kerl zu betrachten. Kerstin und Tonio stoßen zusammen.

»Entschuldigung«, sagt Tonio. Er lässt ihr den Vortritt. »Der ist ja niedlich«, sagt Kerstin. »Der Arme.«

Sie legt Tonio eine Hand auf die Schulter, als wolle sie ihn um Mitgefühl für den hilflosen Gefangenen bitten. Tonio wird ganz kribbelig im Bauch. Der Maulwurf drückt sich eingeschüchtert auf den Boden von Kerstins Tasche. Sein Fell glänzt samtig schwarz und ist überhaupt nicht schmutzig. Mit seinen großen Grabeschaufeln scharrt er tastend am Tuch der Tasche. Kerstins Haare kitzeln Tonio im Gesicht.

Er räuspert sich. Trotzdem klingt seine Stimme belegt. »Dürfen wir Erde in deine Tasche füllen? Dann ist der Maulwurf geschützt, wenn wir ihn woanders hinbringen.«

»Ja, klar. Gute Idee«, sagt sie.

Behutsam bereiten die vier Großwildjäger dem Maulwurf ein weiches Bett.

»Ihr könnt ihn ja auf dem Platz vom VfL aussetzen«, sagt Kerstin.

Eike, Tonio und Matthias nicken begeistert. Dem Tabellenführer ihrer D-Jugend-Staffel eins auszuwischen ist eine tolle Idee.

Kerstin schüttelt den Kopf. »War doch nur ein Scherz, ihr Doofis.«

Sie einigen sich darauf, den Maulwurf am Fluss auszusetzen. Die Uferwiesen sind weit genug vom Stadion entfernt. Da kommt er bestimmt nicht mehr zurück. »Tschüs, machs gut«, sagt Matthias, nachdem sie den Maulwurf ins Gras gesetzt haben.

»Vielleicht findet er hier ja einen Freund«, sagt Kerstin und zeigt auf die vielen Hügel ringsum. »Oder eine Freundin«, sagt Eike. Unbemerkt von den beiden anderen knufft er Tonio mit dem Ellbogen in die Seite.

»Woher willst du wissen, dass es ein Männchen ist?«, fragt Tonio.

»Hab ich das je behauptet?«, erwidert Eike unschuldig.

Schlecht gelaunt und mies trainiert

Eike erlebt seinen Freund Tonio in den nächsten Tagen und Wochen fast nur noch schlecht gelaunt.

»Mann, du bist vielleicht blöd drauf«, stellt Eike Tonio in einer Pause zur Rede, nachdem er schon wieder den ganzen Vormittag nur herumgemotzt hat.

»Ich? Wieso denn? Du spinnst wohl«, sagt Tonio und lässt seinen Freund auf dem Schulhof stehen.

Eike sieht ihm kopfschüttelnd hinterher. Mit Tonio ist im Moment nichts anzufangen. In der Schule ist er ständig am Meckern und beim Fußball spielt er viel ruppiger, als es sonst seine Art ist.

Das Training ist allerdings zurzeit auch nicht geeignet, die Laune zu heben. Seit zwei Wochen wird die D-Jugend des Sportclubs von einem anderen Trainer betreut. Papatoni hat den Auftrag erhalten, sich verstärkt um die älteren Mannschaften zu kümmern. Erst kurz vor der Rückrunde kann er die Tornados wieder übernehmen. Herr Wild, der Ersatztrainer, ist sehr streng. Er nörgelt an allem und jedem herum, schimpft auch, wenn zwei Spieler mal etwas länger miteinander reden. Außerdem macht er fast nur Konditionstraining. Bälle scheint der Mann überhaupt nicht zu kennen. Wenn er sich doch einmal daran erinnert, dass es diese runden Dinger gibt,

schiebt er garantiert den Korb mit den Medizinbällen in die Halle. Mit denen sollen die Jungen dann ihre Bauchmuskeln trainieren. Immerhin gestattet er am Ende jeder Trainingseinheit zehn Minuten Sitzfußball. Inzwischen kommt nur noch die halbe Mannschaft zum Training. Woche für Woche läuft alles genau gleich ab.

»Ich hab keinen Bock mehr!«, schimpft Stefan beim Umziehen. Er wendet sich an Tonio. »Was sagt denn dein Vater dazu?«

Tonio stopft schweigend seine Sachen in den Rucksack.

»Kannst ihm ausrichten, dass wir streiken«, sagt Stefan.

»Sags ihm doch selber.« Tonio schwingt sich den Rucksack über die Schulter und geht. Die Tür knallt hinter ihm ins Schloss.

Stefan hebt entschuldigend die Hände und wendet sich an die anderen. »Oh, dem gnädigen Herrn ist eine Laus über die Leber gelaufen.«

»Lass ihn«, sagt Eike. Er rennt hinter Tonio her. »Tonio, warte!«, ruft er draußen. »Mensch, Tonio, was ist denn mit dir? Egal, was man zu dir sagt, dauernd maulst du zurück.«

»Ich lass mir von dem doch nicht vorschreiben, was ich meinem Papa sage.«

»Stefan hat doch nur gefragt, was dein Papa von der ganzen Sache hält.«

»Der soll sich nicht so aufspielen, der alte Angeber.«

Eike bleibt stehen. Er klatscht sich auf die Stirn. »Mann, bin ich doof. Jetzt wird mir so einiges klar.«

Nun bleibt auch Tonio stehen. »Was wird dir klar?«

»Es ist wegen Kerstin.«

Mit heftigen Schritten stampft Tonio wieder los. »Blödsinn.«

»Meinst du, ich bin blind? Seitdem Kerstin so viel mit Tanja zusammensteckt, hast du Schiss, dass sie sich auch mit Stefan anfreundet.«

»Du tickst wohl nicht mehr richtig.«

»Von wegen.« Eike hält Tonio am Ärmel fest und bringt ihn zum Stehen. Dann haut er ihm freundschaftlich mit der Faust gegen die Schulter. »Mir kannst du es doch sagen, Mann.«

Tonio holt Luft. Dann platzt es aus ihm heraus. »Seit diesem blöden Geburtstag von Tanja steht Kerstin nur noch bei den beiden rum.«

»Stimmt doch gar nicht«, sagt Eike.

»Stimmt wohl. Vorher war sie viel mehr mit uns zusammen.«

»Da gab es ja auch noch kein Hockey. Und wir hatten auch viel mehr Zeit. Sie mag dich aber trotzdem.«

Tonio wendet sich ab. »Wie kommst du denn darauf?«

»Weiß nicht – nur so«, antwortet Eike.

»Darum gehts doch gar nicht.« Tonio merkt, wie er rot wird, und geht schnell weiter. Es ist ihm peinlich, dass Eike rausgekriegt hat, weshalb er so schlecht auf Stefan zu sprechen ist. Andererseits findet er es gut, dass sein bester Freund endlich Bescheid weiß.

»Kommst du mit zu mir?«, fragt er. »Dann können wir mit Papa über Herrn Wild reden.«

»Muss aber schnell zu Hause Bescheid sagen«, antwortet Eike.

»Kein Problem«, sagt Tonio. »Kannst ja anrufen.«

Wenig später sitzen sie mit Herrn Lentini am Tisch.

»Papa – wirklich. Keiner kann ihn ausstehen«, sagt Tonio zum wiederholten Mal. »Der vergrault alle. Bis zur Rückrunde haben wir keine Spieler mehr. Garantiert.«

»Komm, hör auf. So schlimm wird es ja wohl nicht sein.«

»Immerhin wollen die anderen jetzt streiken«, sagt Eike, ohne Namen zu nennen.

Papatoni schnauft geräuschvoll aus. »Ich kann doch nicht ständig nur für euch da sein. Wenn ihr Meister werdet und die übrigen Mannschaften krebsen alle am Tabellenende rum, bin ich meinen Job so schnell los, wie ich ihn bekommen habe. Damit wäre auch niemandem geholfen. Herr Wild ist der Einzige, der zu eurer Trainingszeit frei ist.«

Natürlich ist Papatoni klar, dass es so nicht

weitergehen kann. Herr Wild ist im Grunde ein prima Mann. Als Konditionstrainer für die Profis leistet er tolle Arbeit. Die erste Mannschaft ist in ausgezeichneter Verfassung und steht im Augenblick auf einem Aufstiegsplatz zur 1. Bundesliga. Für die D-Jugend scheint er allerdings nicht das richtige Händchen zu haben.

»Ich sehe zu, dass ihr einen anderen kriegt«, sagt Tonios Papa abschließend. »Aber bis es so weit ist, erwarte ich von der gesamten Mannschaft noch ein bisschen Geduld.«

Eike lehnt sich zufrieden zurück. Was das erste Problem anbelangt, scheint eine Lösung in Sicht. Jetzt muss er nur noch Tonio helfen.

»Was guckst du denn so?«, fragt Tonio.

»Wie guck ich denn?«, fragt Eike.

Dass er schon eine Idee hat, behält er im Augenblick noch für sich.

Trainer – Tore – Tonio

Unter dem Vorwand, dass er nicht lesen könne, was an der Tafel steht, gelingt es Eike, bei der Klassenlehrerin eine andere Sitzordnung durchzusetzen. Im Laufe der Tauschaktion dafür zu sorgen, dass Tonio und Kerstin wie durch Zufall zwei Plätze nebeneinander bekommen, ist kein Problem. Die beiden ziehen sich an wie zwei Magnete. Alles andere ergibt sich fast von selbst. Noch am selben Tag fragt Eike die beiden, ob sie Lust haben, am Sonnabend mit ins Kino zu gehen. Der neue Film sei spitze. Schon sind sie verabredet. Am Freitag sagt Eike wieder ab. Er behauptet, dass er den Besuch bei seiner Tante vergessen hätte. Seine Eltern würden darauf bestehen, dass er mitkäme. Weder Kerstin noch Tonio wittern eine Ausrede. Trotzdem fliegt Eikes Schwindel beinahe auf. Tonio fragt nämlich am Montag, ob er sich bei seiner Tante sehr gelangweilt hätte. Eike wird rot. Darauf war er nicht vorbereitet. Was soll er denn jetzt antworten?

»Ach so, ja, bei meiner Tante. War eigentlich okay.« In Wirklichkeit war Eikes Wochenende fürchterlich öde. Er war die ganze Zeit zu Hause. Fast wäre er in letzter Sekunde doch noch ins Kino gegangen. Aber dann erschien es ihm wichtiger, Tonio und Kerstin allein hingehen zu lassen.

»Und wie war der Film?«, fragt Eike.

»Ganz nett.« Mehr bekommt er aus Tonio nicht heraus.

Eike ist dennoch zufrieden. Sein Plan hat ganz offensichtlich bestens funktioniert. Tonios Laune ist ausgezeichnet und er steckt in jeder Pause mit Kerstin zusammen. Für Eike fast schon wieder ein Grund, eifersüchtig zu werden.

Auch was das Training anbelangt, ändert sich die Situation zum Besseren. Noch in derselben Woche übernimmt ein Sportstudent die D-Jugend des SC. Er heißt Florian und alle dürfen Flo zu ihm sagen. Er sieht die Sache ziemlich locker. Training kann man das eigentlich gar nicht nennen. Kicken unter Aufsicht eines Erwachsenen wäre die treffendere Bezeichnung. Die Spieler fühlen sich tausendmal wohler. Bald erscheint die komplette Mannschaft wieder regelmäßig. Dass sie bei den Wettbewerben in der Halle keine große Rolle spielen, ist nicht weiter tragisch. Ihr selbst gestecktes Ziel ist und bleibt die Meisterschaft. Als die Tage länger werden, findet das Training der Tornados wieder im Freien statt. Drei Wochen vor Beginn der Rückrunde kehrt auch ihr alter neuer Trainer zurück.

Papatonis erster Eindruck von der Mannschaft ist gut. Die beiden Gruppen, die es zu Saisonbeginn noch gab, scheinen gründlich durcheinander gewürfelt. Stefan und Matthias sind sogar Freunde geworden. Sie lachen über dieselben Witze, stehen oft beisammen und sorgen neben Sven für Stimmung im Team.

»Na, wie gehts euch?«, fragt Papatoni.

Die Jungen sehen einander an. »Jetzt wieder gut«, sagt Stefan.

»Schön, dann wollen wir mal«, sagt Papatoni.

Was er in der verbleibenden Zeit vor dem ersten Spiel der Rückrunde mit der Mannschaft macht, kann man endlich wieder Training nennen. Häufig bringt Papatoni eine Tafel mit und führt mit gelben und roten Magnetsteinen Abläufe vor, die später im Spiel ausprobiert werden.

Durch ihre neue Freundschaft klappt die Verständigung zwischen Stefan und Matthias auch auf dem Spielfeld viel besser. Kevin ist froh, dass er die Verantwortung als letzter Mann wieder los ist. Eike fliegt durchs Tor wie ein Weltmeister.

Ende März ist es endlich so weit. Voller Zuversicht fährt die D-Jugend zum ersten Auswärtsspiel der Rückrunde. Als Tabellenzweite treten sie gegen den Vorletzten an. Und weil die

Profis ihren Mannschaftsbus nicht brauchen, werden Papatonis Spieler im komfortablen SC-Bus zum Gegner gefahren. Dass Herr Möller, der Platzwart, auch als Busfahrer tätig ist, haben die meisten noch gar nicht gewusst.

»He, Sie schulden uns noch eine Runde Eis«, sagt Matthias beim Einsteigen.

»Stimmt, der Maulwurf hat sich seit eurer Jagd nicht mehr gezeigt«, sagt Herr Möller. »Und wenn ihr heute gewinnt, bekommt jeder zwei Eis. Das soll mir die Sache wert sein.«

In nahezu übermütiger Spiellaune zaubern die SC-Tornados dem Gegner 13 Tore ins Netz. Gegen Ende steht Eike gelangweilt im Mittelkreis. So überlegen sind sie den Gastgebern.

»SC-Tor-na-dos!«, brüllen die Spieler während der ganzen Heimfahrt. Altin glüht vor Aufregung. Er allein hat acht Tore geschossen.

Die einzige Ernüchterung ist, dass auch der VfL, der Tabellenführer, mit 8:1 gewonnen hat. Das von Herrn Möller spendierte Eis schmeckt allerdings trotzdem.

Im zweiten Spiel treffen sie auf ihre unmittelbaren Rivalen. »So, Jungs. Nach diesem Spiel wissen wir, wo wir stehen«, sagt Papatoni. »Wenn ihr heute gewinnt, sind es nur noch zwei Punkte.«

»Was heißt hier wenn?«, fragt Matthias und erntet den Applaus aller Mitspieler.

Und die Tornados punkten tatsächlich munter weiter. Obwohl es ihnen der VfL nicht ganz so leicht macht wie der vorherige Gegner, haben sie das Spiel sicher im Griff. Der Gästetrainer lässt seine Mannschaft defensiv beginnen. Papatoni dagegen setzt voll auf Sturm. Tonio spielt über rechts so drangvoll wie noch nie. Selim kommt über den linken Flügel. Altin und Ole bilden die doppelte Sturmspitze. Schon zur Halbzeit führen sie 3:0.

»Jetzt bloß nicht leichtsinnig werden«, mahnt Papatoni.

Seine Sorge ist begründet. Mit fortschreitender Spieldauer schleichen sich immer mehr Fehler ein. Bald fällt das 3:1, fünf Minuten vor Schluss kassieren sie das 3:2. Mit viel Mühe und ebenso viel Glück retten die SC-Tornados den Sieg.

Nur noch zwei Punkte Abstand.

Kopf an Kopf gehen die beiden Mannschaften durch die Rückrunde. Gewinnt der SC, gewinnt auch der VfL. Am vorletzten Spieltag fängt Eike durch einen unglücklichen Treffer in der letzten Spielminute ein Tor. Er unterläuft eine Flanke. Im Torraum herrscht das absolute Chaos. Aus dem Gewühle heraus zappelt der Ball plötzlich zum 2:2-Endstand im Netz. Eike ist ein Häufchen Elend. Obwohl auch die anderen nicht ganz unschuldig waren, nimmt er den Gegentreffer allein auf seine Kappe. Auf der Heimfahrt sitzen die Spieler und ihre Fans im hinteren Wagen der Straßenbahn. Es ist ziemlich still. Eike kann die Tränen nicht mehr zurückhalten.

»Ich Idiot«, sagt er. »Jetzt haben wir keine Chance mehr.«

»Pass auf, der VfL hat bestimmt verloren«, versucht Tonio seinen Freund zu trösten.

»Doch nicht beim Heimspiel.«

»Nächster Halt – Stadion«, gibt eine freundliche Frauenstimme über Lautsprecher bekannt.

Wortlos schleicht die traurige Karawane aus der Straßenbahn. Kaum einer bemerkt Herrn Möller, der darauf wartet, einsteigen zu können.

»Was ist denn mit euch los?«, spricht der Platzwart Tonio an.

»Wir haben nur Unentschieden gespielt«, antwortet er.

Herr Möller setzt einen Fuß auf die unterste Stufe, damit der Fahrer die Tür noch nicht schließen kann. »Na und? Der VfL hat doch auch nur 1:1 gespielt.«

»Sind Sie sicher?«, fragt Papatoni.

»Ich komme gerade von der Geschäftsstelle. Die aktuellen Ergebnisse liegen schon vor.«

»Bitte geben Sie die Stufen frei!«, ruft der Fahrer.

Herr Möller steigt ein, die Tür geht zu, die Straßenbahn fährt davon. Es dauert noch einen Moment, bis alle begreifen. Dann liegen sich die Spieler in den Armen, als hätten sie soeben ein Tor erzielt.

Nur einer heult wie ein Schlosshund: Eike – aber jetzt vor Freude.

Wenn das Glück im Schuh drückt

Die Meisterschaft bleibt bis zum letzten Spieltag offen. Der Abstand beträgt nach wie vor zwei Punkte. Allerdings verfügt der VfL auch über das bessere Torverhältnis. Selbst bei einem Unentschieden des auswärts spielenden VfL müssen die SC-Tornados mit mindestens drei Treffern Unterschied gewinnen.

Auch auf Altin liegt eine ganz besondere Spannung. Mit 18 Treffern führt er vor dem letzten Spiel die Torschützenliste an. Sein stärkster Widersacher ist der Mittelstürmer des VfL, der hat nur zwei Zähler weniger.

Packender kann ein Saisonfinale nicht sein. Und das auch noch vor großer Kulisse. Papatonis D-Jugend darf das Vorspiel zum Zweitligaspiel der Profis bestreiten. Es ist damit zu rechnen, dass sich das Stadion bereits während des Tornado-Spieles füllen wird. Je näher der Tag rückt, desto weicher werden einigen Spielern die Knie.

»Ich spiele nicht vor so vielen Leuten«, sagt Kevin nach dem letzten Training.

»Bleib cool, Mann. Vielleicht kommen wir im Fernsehen«, sagt Sven.

Svens Kommentar trägt nicht gerade dazu bei, dass Kevin sich wohler fühlt.

»Wenn du nicht mitspielst, rede ich nie wieder ein Wort mit dir«, sagt Matthias zu Kevin. Er legt ihm freundschaftlich den Arm um die Schultern.

Kevin lächelt gequält. »Versprochen?«, fragt er Matthias.

»Klar, wenn ich es sage«, antwortet Matthias.

»Trainer? Darf ich bitte draußen bleiben?«, sagt Kevin.

Matthias schubst ihn lachend von sich. »He, Mann, du packst das doch.«

Papatoni verteilt Freikarten. Jeder Spieler bekommt zwei Stück. Die SC-Tornados dürfen Eltern, Verwandte und Freunde der Mannschaft einladen, damit auch bei diesem wichtigen Spiel möglichst viele Fans der D-Jugend zuschauen können. Natürlich bekommt Kerstin eine dieser Karten. Und an Herrn Hoppenstedt denken die ehemaligen Wildpark-Schüler selbstverständlich auch.

»Braucht mein kleiner Bruder auch schon eine Eintrittskarte?«, fragt Sven.

»Kolja?«, fragt Papatoni. »Nein, der ist doch noch nicht mal drei, oder?«

»Super, dann kann mein Opa auch mit«, sagt Sven.

Am Morgen vor dem Spiel bekommt Tonio einen Brief. Obwohl kein Absender draufsteht, erkennt er sofort an der Schrift, dass er von Kerstin ist. Ob Kerstin in letzter Minute absagt? Ist es die späte Rache dafür, dass er ihr erstes Hockeyspiel vergessen hat? Hastig reißt Tonio den Umschlag auf. Ein geflochtenes Bändchen fällt ihm entgegen.

»Oh, ein Freundschaftsbändchen«, sagt Tonios Mama. »Von wem denn?«

Tonio wird rot. »Keine Ahnung, ist kein Name drauf.« Er faltet den Briefbogen auseinander. »*Viel Glück!*«

Tonio verschwindet in seinem Zimmer. Er bindet sich das Bändchen um. Am Handgelenk ist es ihm zu auffällig. Aber wahrscheinlich bringt es sowieso viel mehr Glück, wenn er es um das Fußgelenk bindet.

Viertel vor drei. Es ist so weit. Die D-Jugend des SC steht in der Kabine bereit. Die Jungen bilden ihren Kreis und feuern einander an. Immer und immer wieder. Als draußen vor der Tür der Pfiff des Schiedsrichters ertönt, klatscht Papatoni in die Hände. »So, Leute. Ihr habt nichts zu verlieren.«

Der Schiedsrichter empfängt beide Mannschaften im Kabinengang und lässt sie nebeneinander antreten. Dann trabt er allen voran hinaus zum Feld. Die Stollen der Fußballschuhe klacken auf dem Beton. Die helle Sonne blendet die Spieler, als sie aus dem dunklen Gang ins Freie kommen. Sie sind noch nicht mal auf dem Rasen, da ertönt schon der erste Applaus. Tonio schaut sich um. Eigentlich wirkt das Stadion noch ziemlich leer. Trotzdem sind es garantiert schon mehrere tausend Zuschauer.

»Ich glaub, mir wird schlecht«, raunt Tonio Eike zu.

»Frag mich mal«, erwidert der.

Den Gegnern scheint es allerdings nicht besser zu gehen. Tonios Nebenmann stolpert über seine eigenen Füße. Drei Gästespieler purzeln übereinander. Kevin bekommt Applaus, weil er einem der Gegner wieder auf die Füße hilft. Die Spieler nehmen Aufstellung. Die Fans schwingen SC-Fahnen und feuern ihre Mannschaft an. Die SC-Tornados winken schüchtern zurück. Auf der anderen Stadionseite sind die Anhänger der Gäste.

Der Schiedsrichter gibt das Spiel frei. Anstoß für die Gegner. Beinahe brechen sie mit ihrem ersten Angriff den Rekord für das schnellste Bundesligator. Bereits nach zehn Sekunden kommt der erste Schuss auf Eikes Tor. Tonio fälscht ab, der Ball fliegt haarscharf am Pfosten vorbei. Ein Raunen geht durchs Publikum. Tonio wird ganz heiß im Bauch. Er hat den Ball mit dem Bein abgewehrt, an dessen Fußgelenk er Kerstins Bändchen trägt. Seine Mitspieler machen erschrockene Gesichter. Aufmunternd klatscht Tonio in die Hände. »Leute, merkt ihr was? Wir haben Glück heute.«

»Das brauchen wir auch«, sagt Kevin, dessen Knie immer noch weich sind. Doch die Spielzüge werden von Minute zu Minute sicherer. Bald wagt MatthÌas seinen ersten Ausflug. Unwiderstehlich treibt er den Ball nach vorne und überbrückt schnell das Mittelfeld. Doppelpass mit Sven, Vorlage auf Ole – Tor. In der Folge brennen Papatonis Schützlinge ein wahres Feuerwerk an Spielzügen ab. Zur Halbzeit steht es 4:0. Der Trainer applaudiert seinen Spielern mit erhobenen Händen, als sie auf ihn zutraben. Nur Altin ist unglücklich. Er hat heute noch kein Tor erzielt. Missmutig lässt er sich ins Gras sinken, um seinen Schuh auszuziehen.

»Was ist? Bist du verletzt?«, fragt Papatoni.

»Nein, dieses blöde Ding drückt«, sagt Altin und holt einen alten Glückspfennig aus seinem rechten Schuh.

Seine Mitspieler schütteln lachend die Köpfe.

»Wissen Sie, wie es bei den anderen steht?«, fragt Stefan den Trainer.

Er weiß es nicht.

»Spielt einfach so weiter wie bisher. Wenn ihr gewinnt, habt ihr euren Teil erfüllt. Und seht zu, dass euer Torjäger auch noch trifft. Sonst ist er

nachher sauer, weil sein Name als einziger nicht da oben steht.«

Papatoni zeigt hinauf zur Anzeigetafel, wo bereits Ole, Sven, Matthias und Selim als Torschützen aufleuchten. Die vier werden vor Stolz glatt ein bisschen größer.

Die SC-Tornados bleiben weiterhin am Drücker. Nun spielen alle für Altin. Doch ihm will heute einfach kein Tor gelingen. Erst nach unzähligen Flanken und fünfzehn torlosen Minuten

in der zweiten Hälfte erwischt er den Ball endlich richtig. Altin schießt das 5:0. Kurz vor dem Ende gelingt ihm sogar das 6:0. Der Schiedsrichter pfeift ab. Rauschender Beifall. Erst jetzt merken die Spieler, dass sich das Stadion mittlerweile fast vollständig gefüllt hat. Tonio wagt gar nicht hochzusehen. Auch Kevin, der heute eine ruhige Partie spielen durfte und zwischendurch sein Lampenfieber völlig vergessen hatte, wird angesichts des vollen Hauses noch einmal blass. Aber die überwältigende Kulisse ist nicht der einzige

Grund, weshalb die Spieler nicht wagen, sich über den Sieg zu freuen. Wie hat der VfL gespielt? Hat das 6:0 gereicht?

»Meine Damen und Herren, Sie sahen das abschließende Spiel unserer D-Jugend«, sagt der Stadionsprecher. »Viele von Ihnen werden wissen, dass heute der Kampf um den ersten Platz in dieser Staffel entschieden wird. Wie wir soeben erfahren, hat der bisherige Tabellenführer nur ein 3:3 erreicht. Unsere D-Jugend ist – Meister!«

Wie auf Kommando rennen alle SC-Spieler zu Papatoni. Auch er reißt die Arme hoch und macht einen Freudentanz. Tonio springt ihm von vorn in die Arme, Sven springt ihm huckepack auf den Rücken. Matthias kommt von der einen Seite, Eike von der andern. Das ist zu viel. Papatoni wird umgerissen und unter einer Spielertraube begraben.

»Hilfe! Jungs, bitte! Lasst mich leben!«, ruft der Trainer lachend und ächzend zugleich. Die Spieler rappeln sich auf. Sie nehmen Papatoni in die Mitte und laufen Hand in Hand zu ihren Fans. Dort verbeugen sie sich und reißen dann gleichzeitig ihre Arme hoch.

»SC-Tornados!«, donnert es ihnen entgegen. Am lautesten brüllen Herr Hoppenstedt und Kerstin. Kolja reckt seinem Bruder Sven die Arme entgegen.

»Mama, bring ihn her!«, ruft Sven. Doch seine Mutter kann ihn vor lauter Krach nicht verstehen.

Aber sein Opa kapiert, was er will. Er nimmt Kolja und setzt ihn über die Absperrung hinweg auf Svens Schultern. Kerstin klettert ebenfalls drüber. Sie lässt es sich nicht nehmen, mit den SC-Tornados eine Ehrenrunde zu drehen.

Erst als der Stadionsprecher ankündigt, dass die Profis jetzt zum Aufwärmen auf den Platz kommen, verlassen die Jungen winkend und hüpfend den Rasen. Bevor Kerstin mit Kolja wieder in Richtung Tribüne verschwindet, geht Tonio zu ihr hin. Er hält sich an ihrer Schulter fest, zieht mit der andern Hand seinen Stutzen herunter, bis Kerstin ihr Bändchen sehen kann. »Danke«, sagt er. »Hat echt Glück gebracht.« Dann sprintet er hinter seiner Mannschaft her. In der Kabine herrscht ungeheurer Lärm. Nur Altin sitzt bedrückt auf der Bank.

»Was ist denn mit dir los?«, fragt Matthias.

»Ich würde halt gerne wissen, wie viele Tore der Mittelstürmer vom VfL geschossen hat«, sagt Altin.

Kevin schüttelt verständnislos den Kopf. »Deine zwei Tore reichen doch«, sagt er.

»Und woher willst du das wissen?«, fragt Altin.

»Zwei Tore Vorsprung und heute nochmal zwei dazu – das macht wie viele?«, fragt Kevin.

»Vier Tore, das weiß ich auch«, sagt Altin genervt. »Der hat aber schon mal sechs Tore in einem Spiel geschossen.«

Kevin tippt Altin an den Kopf. »Hallo, jemand zu Hause da oben?«, fragt er lachend. »Du kennst doch das Ergebnis.«

Endlich kapiert Altin. »3:3 – ich Dummi. Er kann ja höchstens drei gemacht haben.«

Ab sofort jubelt auch der Letzte mit.

Känguru Lesespaß